30인의
회귀자

30인의 회귀자 2

이성현 장편소설

초판 1쇄 찍은 날 § 2017년 11월 23일
초판 1쇄 펴낸 날 § 2017년 11월 30일

지은이 § 이성현
펴낸이 § 서경석

총괄팀장 § 최하나
편집책임 § 이지연

펴낸곳 § 도서출판 청어람
등록번호 § 제387-1999-000006호
등록일자 § 1999. 5. 31
어람번호 § 제1-2805호

주소 § 경기도 부천시 부일로 483번길 40 서경B/D 3F (우) 14640
전화 § 032-656-4452 팩스 § 032-656-4453
http://www.chungeoram.com
E-mail § chungeorambook@daum.net

ISBN 979-11-04-91553-6 04810
ISBN 979-11-04-91551-2 (세트)

2

공유할 수 없는 기억

이성현 장편소설

FUSION FANTASTIC STORY

30인의 회귀자

도서출판 청어람

30인의
회귀자

목차

C O N T E N T S

제1장

우연과 필연 사이에서

카르디어스 신성력 1397년 4월 8일.

아딜나.

고아 출신으로, 카르디어스 교단에서 만들어낸 하이브리드 중 손꼽히는 실력을 지녔다.

고대 신화 중에 등장하는 몬스터, 메두사의 눈을 왼쪽에 이식받은 그녀는 사안(邪眼)으로 자신과 눈이 마주치는 모든 생명체를 석화시키는 능력을 지녔다.

그런 자신과 눈이 마주치고도 석화가 되지 않았던 그레인을 보고, 그녀는 첫눈에 사랑에 빠졌다.

그때 그녀의 나이는 16살, 그레인은 18살.

스쳐 지나가듯 끝난 첫 만남 뒤 그레인과 재회했을 때 그녀의 나이는 24살.

그 후 10년 동안 아딜나는 다른 결사대원과 함께, 그리고 그레인의 옆에서 교단을 상대로 살아남기 위한 투쟁을 벌였다. 그리고 시간 회귀술이 완성되기 직전 그레인을 구하고, 그의 품에서 숨을 거두었다.

하지만 이건 모두 예전 생에서의 이야기.

1년 이른, 그러나 이전과 유사하게 다시 만난 두 남녀는 예전과 다른 시선으로 각자를 바라봤다.

"제가 혹시 잘못한 거라도 있나요?"

아딜나는 고개를 갸웃거리며 그레인의 대답을 기다렸다.

힐난의 뉘앙스는 없었다. 정말로 그레인이 자신에게 왜 화를 냈는지 이해할 수 없다는 표정이었다.

"그건… 아닙니다."

그레인은 여전히 그녀를 정면으로 바라보지 못하고 머뭇거리며 대답했다.

"혹시 이름이 아딜나, 맞습니까?"

"네? 아, 네, 맞아요."

"그레인을 압니까?"

"네? 그레인? 사람 이름인가요?"

"네."

"으음, 그런 이름은 들어본 적이 없네요."

"정말… 정말로 모르겠습니까?"

그레인의 애절한 부탁에 아딜나는 골몰히 생각에 잠겼지만 고개를 가로저으며 같은 대답만을 반복했다.

혹시나 했던 기대감이 사라지자 그레인은 침울한 표정으로 고개를 숙였다.

그레인이 기억하고 있는 얼굴과 이름이 일치한 이상, 그가 알고 있는 '아딜나'가 분명했다.

아딜나의 죽음을 막지 못하고 지켜봐야만 했던 입장에서, 그녀를 다시 만난 것만큼 기쁜 일은 없었다. 하지만 자신을 기억하지 못하는 아딜나를 상대로 무슨 말을 어떻게 해야 할지 아무것도 떠오르지 않았다.

결국 그레인은 침묵만을 지켰고, 아딜나는 자신을 구해준 이 소년이 왜 이해할 수 없는 태도를 취하는지 알 수 없어서 가만히 지켜보기만 했다.

"그레인! 어디 있어? 어디 있냐고?"

바로 그때, 수풀 너머에서 크루겐의 목소리가 울려 퍼졌다.

"아, 여기 있었구나! 아까 그 상단인지 뭔지 말이야! 사실은……."

순간 크루겐은 하던 말을 멈췄다.

"어… 으음."

크루겐은 숨을 크게 들이쉬고 그레인 옆에 있는 아딜나를 뚫어져라 쳐다봤다. 그의 시선이 그녀의 머리카락, 눈동자로 천천히 이동했다.

"혹시 아가씨가 아딜나 맞죠?"

"네, 맞습니다만."

크루겐의 눈과 입이 커졌다가 천천히 원래대로 돌아갔다. 이번엔 그마저 말을 잇지 못했다.

고개를 숙이고 있는 그레인. 그리고 왜 자신을 보고 모두 놀라는지 영문을 모르는 아딜나.

의미를 알 수 없는 침묵이 세 남녀 사이에서 감돌았다.

"흠! 흠흠!"

크루겐은 오른손 주먹을 입가에 가져가더니 헛기침을 했다.

"아가씨, 내가 더 연상인 것 같으니 말 놔도 괜찮겠지? 괜찮으려나?"

"괜찮답니다. 편하게 말하세요."

그레인과 달리 자연스럽게 말을 거는 크루겐을 향해 아딜나는 살짝 웃었다. 이전에는 쉽게 보지 못했던 그녀의 미소가 입가에 자리 잡았다.

"지금 용병들이 아가씨를 찾느라 정신없이 여기저기 왔다

갔다 중이야. 서두르는 게 좋겠는데?"

"아! 이런… 그 생각을 미처 못 했군요."

"아까 그놈들은 도망쳤으니 걱정할 필요 없어. 아, 그리고……."

크루겐은 오른팔에 차고 있던 은색 로사리오를 아딜나를 향해 불쑥 내밀었다.

"우릴 믿어도 돼. 나와 저 녀석은 교단 소속이거든."

$$*\qquad*\qquad*$$

불의의 습격을 받은 아딜나의 수송단은 다행히도 사망자 없이 싣고 가던 물품을 지킬 수 있었다.

검은 복면을 쓴 습격자들 중 대부분은 그레인의 냉기에 겁먹고 도망쳤고, 포로로 잡힌 한 명만이 포박된 채 주저앉아 있었다.

마부들은 멀리 도망간 말을 몇 마리 제외하고 되찾아 왔다. 큰 부상을 입지 않은 용병들은 불타거나 망가진 물품을 마차 밖으로 빼내고, 그 빈자리에 부상을 입은 용병들을 눕게 했다. 아딜나는 바삐 움직이며 그들을 도왔다.

그사이 크루겐은 부상 입은 용병들을 치료하느라 진땀을 흘렸다. 처음 그들에게 말을 건넸을 때와 달리, 카르디어스 교단 소속임을 밝힌 지금은 언제 쌀쌀맞게 굴었냐는 듯 용병들은 그에게 계속 감사를 표했다.

그들 사이에 선 그레인은 또다시 마차 행렬을 덮칠지 모를 습격자들이 없나 살피고 있었다. 하지만 매섭게 뜬 눈과 대조적으로 그의 마음속은 여전히 혼란스러웠다.

"휴, 이제 대충 끝났네."

그레인의 옆으로 다가온 크루겐은 수통의 물로 손에 묻은 핏자국을 씻어냈다.

"크게 다친 사람이 없어서 다행이야. 교단 소속이라는 걸 밝히자마자 치료해 달라고 사람들이 달려들 땐 좀 아찔했거든. 우리가 성자(聖者)도 아니니 죽은 사람을 살려낼 수는 없잖아?"

크루겐은 손을 탁탁 부딪치며 남아 있던 물기를 털어냈다. 그레인의 대답이 없자, 크루겐은 그가 바라보는 방향으로 시선을 돌리더니 묘한 표정을 지었다.

"아무리 봐도 그 아딜나가 맞지?"

"……."

"네 반응이 그런 걸 보니 확실하구나. 이것 참……."

크루겐은 뒤통수를 벅벅 긁으며 난처해했다.

그들에게 아딜나는 두 번째로 만나는 결사대원이었지만, 시간 회귀술이 완성되기 이전에 죽은 그녀는 두 소년과 같은 기억을 공유하지 못한다.

"그만 표정 좀 풀라고 말하고 싶지만, 너와 내 심정이 같을 수 없겠지."

"크루겐, 저 소녀… 아딜나가 확실한가?"

"이건 나보다 네가 더 잘 알 텐데. 머리가 많이 짧아졌고, 분위기가 확 달라지긴 했지만 내가 기억하는 아딜나가 맞아."

"그렇군."

그레인은 15살의 소녀로 돌아온 아딜나를 묵묵히 바라만 봤다. 아딜나를 잊지 않으려고 예전 그녀가 사용하던 무기까지 등에 찼지만, 막상 이렇게 직접 만나니 애절한 기분은 사라지지 않고 반대로 더욱 커져만 갔다.

"아, 그러니까 난 모른다고! 지시받은 대로 했을 뿐이야!"

순간 용병들이 웅성거리더니 분위기가 변하기 시작했다.

"굳이 뭘 알고 싶다면 날 죽이든가. 맘대로 해."

사내의 뻔뻔한 태도에 용병들은 표정을 일그러뜨렸다. 하지만 아딜나의 눈치를 볼 뿐 막상 나서지는 못했다.

"넌 아까 그 냉기 법사인가? 쯧."

그는 용병들 사이를 헤치고 들어온 그레인을 보자마자 표정이 확 일그러졌다.

이상하게도 냉기를 전문으로 사용하는 마법사와 화염을 주력으로 쓰는 마법사들 사이는 그다지 좋지 않았다.

냉기를 다루는 마법사들은 냉정한 상태에서 정해진 양의

마나를 최대한 효율적으로, 그리고 정교하게 구현하려고 노력한다. 반면 화염의 힘을 쓰는 마법사들은 매 순간 역동적인 화염을 구현하기 위해 마나양을 극단적으로 높이는 데 치중한다.

화염 법사들은 냉기 법사들을 보며 마법으로 무슨 예술을 하냐며 비아냥댔고, 냉기 법사들은 지식의 최고봉인 마법을 무슨 야만인처럼 구사하냐고 화염 법사들에게 툴툴거렸다. 일반인들이 보기에는 둘 다 바보 같지만, 원래 한 분야를 극도로 파는 인간들의 사고방식은 뒤틀리고 변태적이게 마련이다.

"화염의 힘을 다루는 놈들은… 아니, 인간들은 좀 그래. 사고방식이 달라서 이야기도 잘 안 통하고. 솔직히 상대하기도 싫어."

그레인을 가르쳤던 멜린다도 화염의 힘을 다루는 자들에 대해 언급할 때 그리 좋은 표정은 아니었다.

물론 하이브리드 사이에 그런 갈등은 거의 없었다. 교단에 예속되어 살아가는 인생이었기에 이런 식으로 서로 견제하는 것조차 배부른 짓이었다.

"이렇게 붙잡히지만 않았다면 화염으로 전부 불태워 버리는 건데……."

"와, 정말 웃긴 놈일세. 간이 배 밖으로 나왔나?"

보다 못한 크루겐이 단검의 끝을 손가락으로 튕기면서 사내에게 다가갔지만, 아딜나가 제지하며 대신 앞으로 나섰다.

"왜 저희들을 습격했는지 알려주세요."

"싫은데?"

"정해진 날짜까지 이 물건들이 도착하지 못하면 많은 이가 굶어 죽을지도 모릅니다. 또 습격을 받아서 일정이 지체될 수는 없어요. 그러니 부탁드립니……."

"내가 왜? 퉤엣!"

순간 사내가 침을 뱉었다.

깜짝 놀란 아딜나가 옆으로 잽싸게 피했지만, 비틀거리면서 쓰러질 뻔했다.

"아, 가… 감사합니다."

누구보다 빠르게 그녀를 부축한 그레인은 등에 찬 트윈 엣지의 검 자루로 손을 뻗었다.

"설마 날 죽이려고? 응? 자선을 베풀려고 귀한 길을 나선 고귀하신 분들이 사람을 막 죽이려고 해도 되나?"

아딜나가 정중히 나오자, 사내는 자신을 험하게 다루지 않을 거라고 믿었는지 막 나가는 중이었다.

"정말 주제 파악 못 하는 놈일세."

크루겐은 그레인을 뒤로 물러서게 하더니 사내의 뒷덜미를 확 잡아챘다.

"이런 건 나에게 맡겨두라고."

"아무래도 말로 통할 상대는 아닌 것 같은데, 괜찮겠어?"

"나에게 맡겨. 이번 기회에 나름 구상하던 기술을 한번 시험해 보려고."

크루겐은 얼굴을 가리고 있던 머플러를 살짝 아래로 내리면서 미묘한 미소를 지었다.

"저, 가급적이면 고문이나 그런 건……."

"피해달라는 말이지? 걱정 마, 아가씨. 이 녀석의 털끝 하나 건드리지 않을 테니까. 보다시피 명색이 교단 소속인데 많은 사람 앞에서 피를 보기엔 좀 그렇잖아?"

크루겐은 가지고 있던 한 쌍의 단검을 아딜나에게 맡기더니, 사내를 일으켜 세우고선 수풀 안쪽 우거진 곳으로 끌고 갔다.

모두 숨을 죽이고 어두운 수풀 속에서 무슨 소리가 들릴지 귀를 기울였다. 하지만 걷어차거나 윽박지르는 소리는커녕 침묵만 이어졌다.

그렇게 1분 정도가 지나자…….

"으아아악!"

사내의 비명이 수풀 전체에 울려 퍼졌다.

*　　　　*　　　　*

10분 후.

크루겐의 '악몽(Nightmare)'에 잠식되었다가 간신히 풀려난 사내는 눈물, 콧물, 침을 마구 흘리며 땅바닥을 기어 왔다.

"자, 보다시피 털끝 하나 건드리지 않았어."

사내는 속옷에 가려진 부분을 제외하곤 상처 하나 보이지 않았다. 대신 계속해서 흐르는 눈물이 땅바닥을 축축하게 적셨다.

"엉엉… 잘못했습니다! 정말로, 다시는… 흑흑… 그런 짓 하지 않겠습니다!"

두 손을 싹싹 빌며 언제 반항했냐는 듯 애걸복걸하는 사내의 변화에 모두 말을 잃었다.

"크루겐, 무슨 수를 쓴 거지?"

"나도 이렇게까지 잘 통할 줄은 몰랐어. 나중에 알려줄게."

머플러에 가려지지 않는 크루겐의 왼쪽 눈이 그레인을 향해 윙크를 했다.

"그러면 슬슬 왜 아가씨의 일행을 습격했는지 이야기해 볼까?"

"오, 오지 마! 괴물!"

크루겐이 허리를 숙이며 가까이 다가오자, 사내는 엉덩방아를 찧고선 급히 뒤로 물러섰다.

"괴물? 지금 나보고 지껄였어?"

"아, 아, 아닙니다!"

"흐응, 그 괴물에게 더 당하고 싶단 말이지?"

크루겐은 얼굴을 가리고 있는 머플러의 한쪽을 살짝 내려 사내에게 보여줬다. 그러자 그는 비명을 마구 지르면서 땅바닥을 마구 뒹굴더니 크루겐을 향해 아예 고개를 수그리고 부들부들 떨기 시작했다.

"살려만 주십시오! 가진 것을 다 드릴 테니 제발 목숨만은!"

"그러니까 우선 이야기부터 해보자니까."

크루겐은 완전 겁에 질린 사내를 다독이면서 질문을 시작했다. 사내는 이야기하는 내내 울먹이면서 아는 내용을 모조리 털어놨다.

'괴물이라.'

회귀 후 오래간만에 들어보는 단어에 그레인은 아랫입술을 살짝 깨물었다.

'그래, 우리들은 괴물이란 말에 익숙했었지.'

이전 생에 하이브리드를 처음 접한 인간들은 인간이 아닌 '것'을 이식받은 사실 자체를 꺼렸다. 그리고 막강한 힘을 부리는 모습을 두려워했다.

이미 지겹게 들었던 말이기에 화가 나기보단 씁쓸한 기분이 들었다.

"휴, 대충 무슨 일인지 알겠어. 그러면 너는……."

말을 마친 크루겐은 주변에 몰려 있던 용병들을 슥 둘러봤다.

"다음 도시에 도착하면 안전하게 감옥에 집어넣어 줄게."

"제발! 그렇게 해주십시오!"

"응, 알았어. 알았으니까 넌 마차에 탈 생각 하지 말고 묶인 채로 따라와."

크루겐은 사내를 묶은 끈의 끝을 마차 뒤에 단단하게 이은 뒤 아딜나와 이야기를 시작했다.

"…그러니까 원래 이동하려고 했던 경로가 이랬지?"

"네."

아딜나가 펼쳐 든 지도를 손가락으로 짚으면서 크루겐은 이 야기를 이어나갔다.

"이쪽, 요쪽은 다른 놈들이 매복 중이라 하니 좀 돌아가더 라도 저쪽 길을 택해야겠어."

"저 남자의 말을 믿을 수 있을까요? 방금 전까지만 하더라 도 죽음조차 두려워하지 않아 보였는데, 저렇게 바뀌다니 솔 직히 믿기 힘들답니다."

"죽음보다 더한 걸 보여줬거든. 뭐, 저 녀석의 말이 틀리면 다시 한번 나와 단둘이서 즐거운 시간을 보내면 돼."

크루겐이 묶여 있는 사내 쪽으로 고개를 돌리자, 눈이 마주 친 사내는 부들부들 떨며 마차를 붙잡았다.

"확실히 저 정도라면… 믿을 수 있겠네요."

"그리고 이건 오지랖일 수 있겠지만, 불쌍하게 여겨야 할 상대와 아닌 상대는 확실히 구별해야 해. 너무 착한 것도 문제야. 아가씨 본인이야 괜찮다고 쳐도, 주변 사람들의 행동까지 제약하거든."

크루겐의 지적에 아딜나의 표정이 어두워졌다.

"그런 부분은 미처 생각하지 못했군요."

"그럴 땐 아가씨 대신 강하게 나올 사람을 하나 대동하는 편이 좋아."

"많은 분에게 제가 폐를 끼쳤네요. 면목이 없습니다."

"에이, 또 너무 자책하진 말고. 아가씨, 이제 겨우 15살이라며? 어차피 시간이 흐르면 원하든 원치 않든 세상 물정에 대해 알게 돼. 그러니 그 전까진 마냥 착하게 굴어도 괜찮아. 다른 사람들도 그렇게 생각할걸?"

그의 이야기를 듣던 용병들이 말없이 고개를 끄덕거렸다.

"아무튼 이렇게 만난 것도 인연인데, 나도 아가씨 일행과 동행해도 괜찮겠지? 어차피 우리도 같은 방향으로 가던 중이었고."

"저분도 같이 가시나요?"

"응? 그건 굳이 물어볼 필요도 없잖아?"

아딜나가 그레인을 가리키자 크루겐은 당연하다는 반응을 보였다.

"왜냐하면… 아, 그게 말이지."

하지만 말없이 자신을 노려보는 그레인의 시선을 알아채고는 말을 얼버무렸다.

"아… 아무튼 그런 게 있어. 자, 그러면 재정비를 다 했으니 출발할까?"

크루겐은 당황스러워하며 급히 화제를 다른 쪽으로 돌렸다.

아딜나는 두 소년 사이에 무슨 일이 있는지 궁금했지만, 말을 걸기 쉽지 않아 보이는 그레인의 입은 굳게 닫혀 있었다. 그저 자신이 관여되어 있을지도 모른다는 막연한 추측밖에 할 수 없었다.

*　　　*　　　*

생각보다 일정이 지체된 아딜나 일행은 결국 머무르기로 예정되어 있었던 마을에 도착하지 못하고 숲을 가로지르는 도로에서 야숙하기로 결정했다.

저녁 식사를 준비하며 마차 안에 잠자리를 꾸미는 와중에도 아딜나는 쉬지 않고 일을 손수 거들었다. 일행을 이끌긴 하지만 가장 어린 소녀인 그녀가 궂은일을 마다하지 않는 모습에, 용병들은 흐뭇한 미소를 지으며 그녀를 바라봤다.

물론 그레인과 크루겐은 다른 시선으로 그녀를 응시했지만.

해가 저물고 어둠이 짙어지자 불침번을 제외하곤 모두 잠에 빠져들었다. 자정 무렵에 깨어나 불침번을 선 그레인은 모닥불 앞에 앉아 어두운 하늘을 바라봤다. 다음 불침번을 깨워야 할 시간이었지만, 한 번 깬 잠이 다시 오지 않자 그레인은 홀로 불침번을 계속 섰다.

타닥타닥.

활활 타오르는 모닥불에 장작을 넣자 불길이 거세졌다가 원래대로 돌아갔다.

"따뜻하군."

예전 생에서 화염의 힘을 얻은 이후 느껴보지 못했던 따뜻함이 그에게는 아직도 어색하게만 느껴졌다. 막상 그의 몸은 차가움을 느끼지 못하기에 모닥불 자체가 필요 없었지만.

부스럭.

수풀 너머에서 뭔가 움직이자 그레인은 반사적으로 단검을 투척했다.

"이런……."

검 자루에 달린 와이어를 잡아당기자 끌려온 건 피범벅이 된 토끼 한 마리였다. 깊숙이 박힌 검날에 내장이 터졌는지, 주변으로 퍼져 나가는 노린내에 그레인의 표정이 살짝 일그러졌다.

"무슨 일인가요?"

"네?"

그레인이 뒤를 돌아보자 검은 머리의 소녀, 아딜나가 졸린 눈을 비비며 서 있었다. 막 깨어났는지 살짝 눌린 뒷머리를 매만지고 있었다.

"아, 그게… 별거 아닙니다."

그레인은 단검에 묻은 피를 황급히 털어낸 뒤 토끼의 사체를 수풀 너머로 휙 내던졌다.

"냄새가 날지도 모르니 가까이 오지 마십시오."

그레인은 혹시라도 토끼를 만진 손에 노린내가 남아 있을까 전전긍긍했다. 정작 아딜나는 아랑곳하지 않고 그레인의 건너편에 조신하게 앉았다.

활활 타오르는 모닥불을 사이에 두고 두 소년 소녀는 마주 앉았다.

'예전에는 바로 옆에서 이야기를 나눴는데……'

지금은 서로 눈치를 보며 시선이 서로 겹쳤다가 반대로 향했다를 반복했다.

'그런데 무슨 말을 해야 하지?'

과거로 돌아온 이후 줄곧 아딜나와 다시 만나게 되면 하고 싶은 이야기가 쌓여만 갔지만, 막상 단둘이 있게 되니 무슨 말을 꺼내야 할지 몰랐다.

지금 그레인의 맞은편에 있는 아딜나는 그가 알던 아딜나와는 다른 인생을 살고 있다. 메두사의 눈을 이식받았던 그녀의 왼쪽 눈동자엔 슬픔이 서려 있었지만, 지금은 뭔가 사명감이 느껴졌다.

"여러분들이 없었다면 정말 어떻게 되었을지… 정말 감사합니다."

"네?"

"아무래도 그때는 워낙 경황이 없어서 제대로 감사를 표하지 못한 것 같아서요. 그런데… 에취!"

아딜나가 돌연 재채기를 하더니 몸을 움츠렸다. 그레인은 이전에 불침번을 서던 용병이 놔둔 모포를 집어 들었다.

"아딜나 아가씨, 이 모포를 대신 쓰시지요."

"아가씨란 말은 빼주세요."

"아딜나 님, 아무래도 밤공기는 차가우니……."

"님도 빼요."

"……."

"여전히 어색하네요. 크루겐이란 분은 쉽게 말을 놓으시던데."

"저는 크루겐과는 다르니까요."

"확실히 다르긴 다르더군요. 두 분 모두 저보다 연상이지만, 좀 더 친근하게 다가오는 느낌이었어요. 대신 뭐랄까……."

"오지랖이 좀 넓은 쪽이죠."

"돌려 표현하려는 걸 직설적으로 말하시네요."

"이것 역시 그 녀석과 저의 차이 아니겠습니까?"

크루겐을 화제로 놓고 이야기하다 보니 다소 경직됐던 둘 사이의 분위기가 어느 정도 누그러지기 시작했다.

"그러면 두 분은 카르디어스 교단의 사제이신가요?"

"사제는 아닙니다. 하이브리드라고 들어보셨습니까?"

"하이브리드? 아, 혹시 교단에서 말했던, 선택받은 자만이 될 수 있다는……."

각 나라의 귀족 사이에선 하이브리드가 교단에서 전문적으로 육성하는 실력자로 인식되었다.

물론 어떤 방식으로 만들어지고 육성되는지에 대해서는 절대 공개하지 않았지만.

"냉기 마법을 전문으로 다루시나 보죠?"

"마법과는 좀 다르지만… 아직 많이 부족합니다."

"아니에요. 정말 대단한 실력이었어요. 교단에서 괜히 하이브리드를 선택받은 자라 칭하는 게 아니었어요. 저와 나이 차이는 별로 안 나는 것 같은데……."

"17살입니다."

"두 살 연상이시군요. 크루겐 님처럼 편하게 말씀하세요."

"저는 이런 쪽이 편합니다."

그레인의 태도가 여전히 변함없자 아딜나는 나뭇가지를 들더니 모닥불 안쪽을 쿡쿡 쑤셨다. 일렁이는 불길을 사이에 두고 아딜나는 살짝 삐친 표정을 지었다.

"일부러 거리를 두려는 느낌 같네요."

"제 성격이 원래 이래서… 미안합니다."

"혹시 제가 누굴 닮았나요? 처음 봤을 때, 저를 아예 모르는 남처럼 보는 시선이 아니었어요."

"그건……."

아딜나는 자리에서 일어나더니 모닥불 주위를 살짝 돌아 그레인의 왼편에 앉았다. 그 나이 또래 소녀답게 그녀는 호기심을 참지 못했지만, 그레인의 표정은 굳어질 뿐이었다.

"가까이에서 자세히 봐 봐요. 누굴 닮았죠?"

느낌은 달랐지만, 그녀는 분명히 아딜나가 맞다.

아무것도 기억하지 못하고서, 천진난만하게 물어보는 아딜나를 보던 그레인은 애써 진정시켰던 감정이 다시 격해지면서 눈가가 촉촉해졌다.

"어찌 표현해야 할지 잘 모르겠습니다."

"아, 그리고 보니 절 구해주셨을 때 저에게 소리를 지르셨죠? 인연이 아니라 우연이라고."

그레인이 확실한 대답을 피하자, 아딜나는 금세 화제를 바꾸며 이야기를 이어나갔다.

"뭐랄까, 참 묘했어요. 억양은 분명히 화내는 듯했는데, 표정은 슬펐거든요."

공유할 수 없는 기억에 대해 계속 파고드는 아딜나, 그리고 대답이 입안에서만 머물고 있는 그레인.

이대로 대화에서 질질 끌려가기보단 자신 쪽에서 화제를

바꿀 필요성이 느껴졌다.

"아딜나 님은 마법을 익히셨습니까?"

"네?"

"절 따라잡기 위해 근거리 이동 마법을 연이어 구현했던 게 인상에 남았습니다. 15살 남짓한 나이라고 보이지 않을 정도였죠. 솔직히 그놈들 상대로 고전할 실력은 아니라고 보입니다만."

"아직 부끄러운 수준에 불과하답니다. 친구 쪽이 훨씬 더 뛰어나죠."

"충분히 자신감을 가져도 됩니다."

그레인은 아직 어린 그녀의 실력을 칭찬했지만, 마음은 달랐다.

'아딜나에게 마법사로서의 재능이 있다는 이야기는 들은 적이 없었어. 아니, 이전 생에 미처 발견되지 못한 게 아니었을까?'

자신이 모르는 아딜나에 대해 알게 되는 기분을 그레인은 뭐라 표현하기 힘들었다.

"여유가 생기면 다시 마법 수련에 열중해야겠어요. 부족한 실력 때문에 저것들을 빼앗길 뻔했으니까요."

그녀는 뒤를 돌아보더니, 물건이 가득 실려 있는 마차들을 하나씩 바라봤다.

"여러 귀족 가문의 지원을 받아 마련한 것들이라, 만약 빼앗기기라도 했으면 그냥 넘어갈 문제가 아니었답니다."

"가난한 자들을 위한 구호 물품이라고 크루겐을 통해 들었습니다."

아딜나를 그저 바라만 보고 있던 그레인과 달리, 크루겐은 처음부터 말을 놓으면서 그녀와 저녁 식사 내내 이야기꽃을 피웠다. 그리고 마치 정기 보고라도 하듯 그레인에게 모두 설명해 주었다.

"네. 식량과 옷가지, 그리고 약품 등등… 모두 기부할 물품이에요."

"다른 귀족들의 지원을 이 정도로 받으려면 발품깨나 파셔야 했겠군요."

"제 몸 하나 고생해서 다른 이들을 도울 수 있다면, 그것으로 충분하답니다."

아딜나의 수줍어하는 미소가 그레인에게는 슬프게만 보였다.

부스럭.

순간 수풀 너머에서 무언가가 움직이는 소리에 둘의 대화가 중단되었다.

"별거 아닐 겁니다. 기껏해야 토끼나 사슴이겠죠."

하지만 토끼보다 훨씬 큰 무언가가 수풀 안쪽에서 튀어나오더니 아딜나를 향해 돌진했다.

"꺄아악!"

아딜나의 비명이 들리자, 그레인은 그녀를 왼팔로 끌어안으면서 오른손으로 단검을 투척했다. 그리고 동시에 얼음벽을 구현해 그와 그녀 주위를 얼음벽으로 감쌌다.

퍽!

정체불명의 생물체를 향해 날아간 그레인의 단검이 정수리에 정확히 꽂혔다. 그와 동시에 와이어를 통해 전달된 냉기가 '그 무언가'를 통째로 얼려 버렸다.

"헉, 헉……"

그레인의 이마를 타고 식은땀이 주르륵 흘러내렸다. 그녀를 꽉 붙든 왼팔이 부들부들 떨리고 있었다.

"뭐야? 왜 땅바닥에 서릿발이 섰지? 눈이라도 내리려나?"

"지금 4월인데 눈은 무슨… 으, 추워!"

무의식 상태에서 퍼져 나간 그레인의 냉기가 땅바닥을 타고 사방으로 퍼졌고, 단잠을 자던 용병들이 몸을 으스스 떨며 하나둘 깨어났다.

"그레인! 뭔 일이야? 이 얼음벽은 또 뭐고?"

급히 달려온 크루겐은 얼음벽을 강하게 두들겼지만, 그 벽 안쪽에 있는 그레인은 미동조차 하지 않았다.

"아딜나 아가씨! 무사하십니까?"

용병단의 단장 드리콜린은 크루겐보다 더 격하게 얼음벽을 두들기며 외쳤다. 급기야 검을 뽑아 내려쳤지만, 견고한 얼음벽에는 금조차 가지 않았다.

"아! 별일 아니에요. 갑자기 멧돼지가 튀어나와서 그레인 님이……."

"야, 그레인! 정신 차려! 이러다가 주변 사람들 죄다 얼어 죽게 생겼다고! 왜 그래?"

"저, 그레인 님?"

"……"

"이제 괜찮으니 절 놔주셔도……."

"아……."

아무 생각 없이 본능적으로 움직였던 그레인이 의식을 되찾자 얼음벽이 순식간에 녹아내리며 물기가 땅바닥에 스며들었다.

일대를 감쌌던 냉기가 그레인의 몸 안으로 빠르게 사라졌고, 그레인은 그녀를 꽉 안고 있던 왼팔의 힘을 빼며 황급히 물러섰다.

"죄송합니다. 정말로… 죄송합니다."

"아니에요. 상황이 상황이었으니 어쩔 수 없었죠."

아딜나가 왼팔의 소매를 어깨 근처까지 걷어 올리자 벌겋게 손자국이 남아 있었다.

"아딜나 아가씨! 괜찮으십니까? 다친 곳은 없습니까?"

"그레인 님 덕분에 아무 일 없었답니다. 괜히 걱정 끼쳐 드려서 죄송하네요."

아딜나는 드리콜린의 부축을 받으며 마차로 걸어갔다. 아무래도 갑자기 나타난 멧돼지 탓에 놀라 두 다리가 후들거렸다.

그레인 주변에 모여들었던 이들이 하품을 하며 다시 잠을 자러 돌아갔고, 크루겐은 얼음덩어리가 된 멧돼지를 발로 툭툭 치며 가볍게 웃었다.

"그나저나 아주 단단히 얼렸네. 날이 밝을 때 즈음에는 다 녹겠지? 덕분에 아침에는 신선한 멧돼지 고기를 맛보겠어."

크루겐이 그레인의 어깨를 툭툭 쳤다.

하지만 그레인은 아무런 반응도 없이 고정된 듯 움직이지 않았다.

"아무튼 별일 없었으니 그만 긴장 풀어. 그리고 앞으로는 힘 좀 적당히 발휘하라고. 다음에도 이랬다간 다들 얼어 죽겠다."

"……."

"그레인? 내 말 듣고 있어? 아직도 정신 못 차린 거야?"

"또… 잃는 줄 알았어. 바로 내 눈앞에서."

그레인의 시선은 얼음덩이가 된 멧돼지 주변에 흩뿌려진 피에 고정되었다. 그것이 아딜나의 것이 아님에 가슴을 쓸어내렸다.

이미 몇 번이나 재차 확인했음에도.

"똑같은 결말은 다시 보고 싶지 않아."

　　　　*　　　　*　　　　*

　카르디어스 신성력 1397년 4월 13일.

　아딜나 일행이 도착한 곳은 상업으로 번창한 도시 에브나.
　칼테스 왕국 내에서도 규모 면에서 세 손가락 안에 드는 도
시였지만, 모든 시민에게 풍요로움을 보장하는 건 아니었다.
　도시 중앙의 성을 동서남북으로 가로지르는 대로 양옆으로
상점들이 빽빽이 들어차 있었고, 반대로 도시 전체를 둘러싸
는 성벽 외곽에는 빈민촌이 형성되었다. 하루에 한 끼조차 먹
기 힘든 빈민들은 오늘 하루만큼은 행복한 얼굴이었다.
　"이게 얼마 만에 먹어보는 따뜻한 빵인지… 크흑."
　"살아 있길 잘했어……."
　그들은 갓 구워내 김에 모락모락 피어오르는 빵을 입에 넣
으며 눈물을 흘렸다.
　"체할 수 있으니 천천히 드세요. 모자라면 더 드릴 테니, 서
두르지 마세요."
　아딜나는 국자로 뜨끈한 스프를 접시 위에 떠주면서 미소
로 그들을 반겼다. 음식을 배급받은 빈민들은 한결같이 감사
해하며 주린 배를 채웠다.
　그녀는 빈민들을 위해 구호 식량을 가지고 온 것에 그치지 않

고 직접 빵과 스프를 나누어주면서 일손을 거뒀다. 용병들 역시 조금이라도 더 빨리 배급하기 위해 정신이 없었고, 다른 일행은 옷가지와 생필품들을 나누어주며 구슬땀을 흘렸다.

여러 대의 마차에 가득 싣고 온 물품의 반이 벌써 동이 났지만, 배급받기 위해 선 줄은 여전히 길게 이어져 있었다.

그레인은 마차 안의 물건들을 노릴지도 모르는 도둑을 경계하면서 멀리 있는 아딜나에게도 시선을 떼지 않았다. 음식을 받아 가는 빈민 한 명 한 명에게 그녀는 꼬박꼬박 인사를 하는 것을 잊지 않았다.

"아딜나……."

그레인은 배급 막사를 설치하던 도중 아딜나와 나눴던 이야기가 뇌리에서 떠나지 않았다.

"저는 사실 고아였답니다."

회귀로 인해 많은 이의 운명이 바뀌었지만, 그녀의 시작점 자체는 변하지 않았다.

"하지만 운 좋게 지금의 가문으로 입양될 기회를 얻었죠. 고아원을 떠나던 날, 절 부러운 눈으로 바라보던 아이들의 시선을 저는 지금도 잊을 수 없어요."

과거를 회상하는 아딜나의 말에서는 죄를 지은 것도 아니면서도 죄책감이 묻어나왔다.

"예전에는 10명이 함께 자야 했던 크기의 방을 혼자 쓸 수 있게 되고, 값비싼 옷을 입고, 본 적도 없는 진기한 음식들을 배불리 먹을 수 있었고……. 하지만 화려해진 일상과 달리 저 스스로 고립되는 기분이 들었답니다. 그러던 중 저처럼 고아였다가 귀족 가문으로 입양된 친구를 만나고 나서는 생각이 바뀌었죠. 선택받았다는 사실에 괴로워하지 말고, 선택받지 못한 자들을 도울 수 있는 위치가 되었음에 기뻐하라면서……."

아딜나의 쓸쓸한 미소는 이전과 확실히 달랐다. 하지만…….

"저의 꿈은… 훨씬 더 많은 이를 돕는 거랍니다."

'역시 너는 변하지 않았어.'
지금의 아딜나 역시 예전과 똑같은 꿈을 품에 안고 있었다.
하지만 예전 생의 아딜나는 교단에 벗어나기 위해, 교단의 음모를 막기 위해 손이 피로 물들어갔다. 결국 아딜나의 꿈은 이뤄지지 '않았다'.

그리고 현재의 아딜나는 똑같은 꿈을 향해 달려가고 있다. 마치 정해진 운명처럼.

"아우, 이제야 해방되었네. 주기도문부터 헷갈려서 미치는 줄 알았다."

크루겐은 한숨을 길게 내쉬며 그레인의 옆에 섰다. 검은 머플러를 두르지 않았음에도 진땀을 마구 흘렸고, 평소와 달리 순백색의 법의를 걸치고 있었다.

나름 폼을 잡는다고 법의로 갈아입은 게 실수였다. 그를 교단의 사제로 착각한 빈민들이 마구 달려들어 약식으로라도 미사를 보고 싶다고 간청했기 때문이다.

꾀죄죄한 몰골 때문에 성당 문턱을 넘는 것조차 거부당한 그들이었지만, 어떻게 해서든 신의 자비가 자신들을 구해줄 거라 믿고 있었다.

"우리 주제에 무슨 미사 진행이냐, 정말 웃겼다고."

다른 하이브리드와 마찬가지로 성직자로서의 교육은 거의 받지 않은 크루겐에게는 미사 자체가 고역이었다. 자신을 빤히 바라보는 빈민들의 시선에 몇 번이나 혀를 내둘렀는지 기억조차 나지 않을 정도였다.

"아무튼 저런 아딜나를 보고 있자니, 나까지 가슴이 찡해지네. 생전에 그렇게나 다른 이들을 돕고 싶어 하더니……"

아딜나에 대해 어느 정도 알고 있는 크루겐은 아련한 시선으로 그녀를 바라봤다.

그렇게 두 소년의 시선이 한 소녀에게 고정된 채 시간이 흘러갔다.

저녁노을이 질 때쯤, 배급을 마친 용병들이 뒷정리를 시작했고, 아딜나는 그레인과 크루겐 앞에 서서 작별 인사를 나누었다.

"이제 프란디스 교구로 가실 건가요?"

"네, 한동안 그곳에 머물 것 같습니다."

"여러분을 만난 게 엊그제 같은데, 벌써 시간이 이렇게나 흘렀군요. 정말 많은 도움을 받았답니다."

아딜나는 둘과의 헤어짐을 진심으로 아쉬워했다.

그레인은 다른 의미로 아쉬워했지만.

"부탁 하나 드려도 되겠습니까?"

"얼마든지요."

그레인은 환한 미소로 부탁을 기다리는 아딜나의 앞에서 생각에 잠겼다.

그녀에게 혹시라도 다시 올지 모르는 '운명'에서 벗어나는 길을 어떻게 표현해야 할지 머릿속에서 정리에 정리를 거듭했다.

"만약 교단 측에서……."

아딜나의 운명을 예전으로 되돌리지 않기 위해서 우선시되는 것. 그건 교단에 의해 다시 하이브리드가 되는 길에서 벗어나는 것이다.

"당신을 '선택받은 자'라 부르며 다가온다면, 그쪽의 제안이 무엇이든 간에 무조건 거부하십시오."

"네? 그게 무슨 말인가요?"

"자세한 이유는 알려 드릴 수 없습니다. 하지만 반드시 지켜주십시오. 부탁입니다, 제발."

이전 생에 그녀와 공유했던 기억과 감정은 이제 그레인만의 일방적인 것이 되어버렸다.

하지만 그녀는 더 이상 예전처럼 다른 이들의 눈을 마주 보는 걸 두려워하지 않아도 된다.

더 이상 괴물이라 불리지도 않고, 두 눈으로 다른 이들을 떳떳하게 바라볼 수 있게 되었다.

그것만으로도 그레인은 만족하고 싶었다.

그러나 회귀를 하면서까지 다시 만난 아딜나가 더 행복하게 살아가길 바랐다.

"알겠어요, 그레인. 당신이 그렇게 말한다면 반드시 이유가 있겠죠."

"어… 괜찮겠습니까?"

의외로 아딜나가 쉽게 받아들이자, 부탁을 한 그레인이 반대로 당황하는 기색을 보였다.

"저도 잘 모르겠어요. 하지만 아까 그 부탁을 할 때 당신의 눈빛은 너무나……."

여러 감정이 뒤섞인 그레인의 눈빛을 제대로 설명할 수 없었다.

"설명하기 힘들군요. 무슨 의미인지 아시겠죠?"

"네."

"더 자세히 말한다면, 당신은 이유를 알고도 알려주지 않고 부탁했겠죠. 하지만 저는 그 부탁을 받아들여야 하는 이유를 정확히 알 수 없어서 말씀드릴 수 없답니다."

이유라는 같은 단어 속에 포함된 서로 다른 의미.

두 소년 소녀는 풀리지 않은 의문을 굳이 이 자리에서 해소하려 하지 않았다.

"그러면 다시 두 분과 만날 날을 기다리며… 신의 가호가 함께하길."

아딜나는 성호를 그은 뒤 해체가 진행 중인 막사 쪽으로 발걸음을 옮겼다.

그레인은 멀어져 가는 그녀의 뒷모습에서 눈을 떼지 않았다.

제2장

서로 다른 선택

카르디어스 신성력 1397년 4월 20일.

아딜나와의 예상치 못했던 만남. 그리고 5일간의 짧은 동행.

그로부터 일주일이 지난 지금, 그레인과 크루겐은 원래 들르기로 했던 곳으로 향했다.

회귀에 성공한 30명의 결사대원 중 2명일지도 모르는 이들을 찾아서.

"부인 쪽은 몰라도 남편 쪽과는 나름 친하게 지냈으니 단번에 날 알아볼지도 모르겠어."

말을 타고 그레인과 나란히 이동 중인 크루겐은 혹시라도 혼동될까 봐 종이에 직접 그린 초상화를 보며 옛 기억을 최대한 끄집어내는 중이었다.

초상화라고 해봤자 머리카락과 눈동자 색, 그리고 피부색과 체형, 기타 세세한 부분을 글자로 요약해 놓은 문서에 가까웠다. 머리에 떠오르는 이미지를 그대로 표현하기에 크루겐의 그림 실력은 많이 부족했다.

"그런데 하도 오래간만이라 가물가물하긴 하다. 그 녀석을 처음 봤을 때가 아마… 그레인?"

짝!

초점을 잃었던 그레인의 두 눈이 손뼉 소리에 깜짝 놀라 좌우로 움직였다.

"아직도 아딜나를 생각하는 거야?"

"아… 미안."

"어쩔 수 없지. 너에게는 다른 27명보다 아딜나 한 사람이 더 소중할 테니까. 그래도 집중 좀 하자? 말 타고 딴생각하면 위험해."

"아무래도 걱정되어서 말이야. 교단의 접촉을 거절하라는 이야기 정도로는 맘이 안 놓여."

마음 같아서는 교단을 떠나 아딜나의 옆에 머무르고 싶었다.

하지만 현실을 부정하면서 움직였다간, 그녀에게 해가 될 가능성이 더 크기에 감정을 억누르고 현재의 흐름에 몸을 맡겼다. 예전 생에서도 첫 만남 이후 재회하기까지 적지 않은 시간이 흘렀으니까.

그럼에도 아딜나에 대한 걱정은 여전했다. 그레인의 부탁대로 그녀가 행동하더라도, 교단 측에서 여러 빌미로 연관되길 강요할지 모른다는 두려움이 뒤늦게 그에게 찾아왔다.

"그래서 다시 돌아갈 거야?"

"그건 아니다."

"이제야 말하는 거지만, 너 몰래 부탁 하나 더 했으니 걱정 좀 그만해라."

"아딜나에게?"

"아니, 아딜나의 부하 중 한 명에게. 그 누구지? 아, 드리콜린이었다. 아딜나와 함께 다니던 용병대장 말이야. 알고 보니 아딜나의 가문에 고용된 상태였다더군. 그래서 그 녀석에게 부탁 좀 했지."

"어떤 식으로?"

"만약 교단에서 아딜나를 만나러 온다면, 반드시 우리들에게 알려달라는 식으로. 만에 하나 아딜나가 교단에 억지로 끌려가거나 행방불명되면 그땐 우리를 직접 찾아와 달라고 부탁했지. 연락이 제대로 될지 안 될지는 모르겠지만, 우선 그렇게 말해두긴 했어."

그레인은 말없이 고개를 살짝 숙였다.

"혹시 내가 너무 오지랖 떤 건 아니겠지?"

"전혀 아냐. 생각이 미치지 못한 부분까지 챙겨줘서 고맙다."

그저 걱정에만 머무른 자신과 달리 실제 행동으로 보여준 크루겐이 믿음직스럽게 보였다.

계속 생각에 잠겨 말에 타고 있던 그레인의 시야에 물건을 파는 이들과 사려는 사람들로 북적거리는 상점가가 들어왔다.

"정말 사람들로 넘쳐나는군."

"자! 그러면 여관이나 잡아서 짐 좀 풀고 찾아볼까? 막상 가게들은 넘쳐나는데 성당은 코빼기도 안 보이니, 이거야 원……."

"그 부부의 상점은 어디지?"

그레인의 물음에 크루겐은 오른팔을 들어 골목 모서리 가장 안쪽의 가게를 가리켰다.

"저기?"

"아니."

크루겐의 오른손 검지가 왼쪽에서 오른쪽으로 길게 선을 그었다.

"이 거리의 상점 모두."

*   *   *

상점가 외곽에 위치한 여관에 방을 잡은 그레인과 크루겐은 말을 마구간에 맡겼다.

그 부부가 있는 저택의 위치까지 파악했지만, 막상 그 둘은 상점가를 노닐며 시간을 보내는 중이었다.

"사실 회귀 이전까지만 하더라도, 천재는 진짜 하늘이 내리는 거라 여겼어."

크루겐은 갓 마개를 딴 병 안에 스푼을 집어넣고 휘휘 저었다. 벌꿀에 절인 과육을 한가득 퍼서 한 모금 물자, 입 전체로 퍼져 나가는 달콤함에 크루겐의 입가에 미소가 자리 잡았다.

"그런데 회귀하고 보니, 아니라는 생각이 들더라. 천재라고 여겼던 자들이 사실은 회귀한 덕분에 남들보다 훨씬 앞서가는 게 아닐까,라는 의심부터 들게 되었어. 너만 봐도 딱 답이 나오잖아. 솔직히 17살밖에 안 되는데 냉기를 육각으로 구현하는 게 말이 돼?"

"베스티나는?"

"그 애는 진짜 천재고. 그리고 그 천재를 압도적으로 이긴 게 누군데? 너잖아?"

"할 말 없군."

그레인은 아까 샀던 과일을 한입 베어 물었다. 금세 꿀 절임 과일을 다 먹어치운 크루겐은 손가락에 묻은 꿀을 쪽쪽 빨았다.

"그리고 우리 둘만 이런 사고방식을 가지고 있는 건 아닐

거야."

크루겐은 또 하나의 꿀 절임병을 품에서 꺼내면서 혹시나 자신들의 대화를 엿듣는 이들은 없는지 주변을 둘러봤다. 그러나 워낙 상가 일대가 시끌벅적했기에 안심하고 다음 대화로 이어갈 수 있었다.

"간단히 말하자면, 결사대원끼리 알아보기 위해선 어떤 식으로든 간에 튀어야 한다는 거지. 너만 해도 내가 어떻게 알아봤겠어? 특유의 눈빛이 튀었으니까 그랬지."

"그리고 우리 말고 다른 결사대원도 똑같은 식으로 흩어진 동료들을 찾을 테고?"

"맞아, 그거야."

마개를 열고 병으로 스푼을 집어넣은 크루겐은 크게 한 숟갈 떠서 들어 올렸다. 스푼 아래로 꿀이 가는 선을 그리며 흘러내렸다.

"그래서 현재 잘나가는 장사꾼들을 모두 옛 동료 후보로 점찍은 건 아니겠지?"

"그건 아니고, 다 생각이 있어. 아, 그리고 그 녀석들 말고 또 다른 결사대원으로 예상되는 사람이 있는데……."

"그 탈주했다는 수련생?"

"어? 어떻게 알았어?"

"그것 자체만으로도 엄청 튀니까."

"만약 널 만나지 못했다면, 그 탈주한 수련생이 너였겠구나, 하고 짐작했을 거야. 그런데 코어의 선택 여부도 수련생에게 주어지지 않는다고 하니, 여러모로 복잡해졌어."

크루겐은 입안 가득 꿀과 함께 과육을 물고 우걱우걱 씹으며 주위를 둘러봤다.

"결국 추측만으로 찾아야 하는 지금이 그리 썩 유쾌하지만은 않아."

지금 바로 옆을 스쳐 지나가는 누군가가 같은 기억을 공유하는 결사대원일지 모른다는 생각에 그레인의 시선이 예민해졌다.

"그래서 그 부부는 언제 찾아갈 거야?"

"너무 서두르지 말자. 지난번 에브나에 들렀으면서도 정작 거리 구경은 한 번도 못 하고 떠났었잖아? 교구에 배속되면 세상을 구경하기 힘들어지니 오늘 하루만큼은 상점가의 분위기 좀 즐기고 가자. 맛난 것도 좀 만끽해 보고. 솔직히 아딜나가 가지고 온 음식들이 맛있다고 보기엔 좀… 그랬잖아?"

"그렇긴 했지."

구호용으로 들고 온 식량들은 당연히 맛보다는 양이 중요했고, 며칠 이상 굶은 빈민들 상대로는 기름진 음식을 피해야 했다. 결국 아딜나와 함께 다니면서 제대로 먹은 건 그레인이 얼떨결에 잡은 멧돼지 고기 정도였다.

그렇게 서로 이야기하며 상점가를 가로지르는 둘을 향해 맞은편에서 아이들 몇 명이 달려왔다. 그 아이들 중 꾀죄죄한 옷차림의 소년 한 명이 크루겐을 툭 치고 지나갔다.

순간 소년의 손동작을 파악한 그레인이 뒷덜미를 잡아채려고 했지만, 크루겐이 그의 손을 먼저 잡으며 제지했다.

"저렇게 어설픈 애들은 그냥 놔두자."

크루겐에게서 빠르게 멀어지던 소년이 돌연 제자리에 멈춰 서더니 자신의 옷을 더듬으며 당황했다. 확실히 훔쳤다고 생각했던 돈주머니를 크루겐이 아무렇지 않게 손바닥 위로 툭툭 쳐올리자 소년은 울상을 지었다.

"옜다, 이거나 먹어라. 회귀라도 하게 되면 좀 더 실력 키워서 도전해 봐."

크루겐이 꿀 절임 과육이 담긴 병을 휙 던져주자 소년은 멍하니 손에 든 병과 크루겐을 번갈아 쳐다보며 서 있었다. 둘은 아무렇지 않게 소년의 옆을 스쳐 지나가며 계속 이야기를 했다.

"어, 뭐지?"

사람들이 우글우글 모여 있는 곳으로 둘의 시선이 쏠렸다.

무슨 구경거리라도 있나 하고 인파를 비집고 안으로 들어간 그레인의 눈에 커다란 공고문이 들어왔다.

"경호원 모집?"

국적이나 나이를 불문하고 실력 있는 자는 누구든 환영한다는 문구에 많은 이가 수군거렸다. 특히나 단 일주일만 고용한다면서 제공하는 급료는 파격적이었기에 모두 군침을 흘렸다.

하지만 크루겐의 관심은 공고문 마지막에 쓰인 문구에 쏠렸다.

"고르다 상회?"

"아는 곳이야?"

"아니, 그건 아닌데… 우리가 가려던 곳이 저기거든."

*　　　　　*　　　　　*

카르디어스 신성력 1397년 4월 21일.

고르다 상회.

고르다와 케리나 부부가 운영하는 상회로서 최근 몇 년간 급격한 성장을 이룬 곳이다.

둘 다 20대 초반의 나이임에도 불구하고 매번 가격이 오르는 물품만을 미리 구매해 팔면서 손해 보지 않는 장사꾼으로 유명했다. 처음에는 작은 노점상으로 출발했던 부부의 가게는 어느덧 상가 전체를 차지할 정도로 번성했다.

그런 고르다 상회가 두둑한 급료를 내세우며 경호 병력을 모집한다는 이야기는 순식간에 상가 전체로 퍼져 나갔다. 그리고 모집 당일인 오늘, 부부의 저택 옆 넓은 공터는 떠돌이 용병들로 장사진을 이뤘다.

"헉… 헉… 어, 어떻습니까? 통과입니까?"

5분 동안 열심히 검을 휘두르며 나름 자신의 실력을 뽐낸 청년이 기대를 품은 눈으로 고르다 쪽을 바라봤다.

고르다와 케리나는 직접 판단하기 위해 참관했지만, 표정은 그다지 밝지 않았다.

"고르다, 저 남자는 영 못 쓰겠는데."

"내가 보기에도 시원찮아 보여. 페르딕 님은 어떻게 생각하십니까?"

"저런 놈에겐 단돈 1골드도 아깝구려. 내 용병단 소속이었다면 당장 내쳤을 걸세. 에잉, 검으로 먹고사는 게 쉬운 일인 줄 아나?"

고르다의 왼쪽에 앉아 있던 노병은 못마땅하다는 표정을 지으며 고개를 설레설레 저었다.

갈색 머리 사이 흰 머리가 듬성듬성 난 노년, 페르딕은 고르다 상회와 주로 거래하는 용병단의 단장으로 고용주 부부와 함께 자리를 했다.

결국 청년은 어깨를 축 늘어뜨리더니 기가 죽어서 터벅터벅 걸어 나갔다.

"다음, 제럴드!"

제럴드라는 가명으로 등록한 그레인은 아까 탈락한 청년과 교차해서 심사를 내리는 세 명 앞에 섰다. 평소의 복장이 아닌, 로브를 걸친 그는 딱 봐도 마법사로 보였다.

"마법사인가? 어떤 계열을 주로 다루나?"

앞선 이들과 달리 전혀 긴장하지 않은 모습이 인상적이었는지, 가만히 평가만 내리던 페르딕이 말을 건넸다.

"냉기에 특화되어 있습니다."

"그래? 실력 한번 보여주게나."

페르딕의 말이 끝나기 무섭게 그레인은 한쪽 무릎을 꿇더니 왼손을 땅바닥에 갖다 댔다.

순간 냉기가 공터 전체로 퍼져 나가면서 땅바닥에 서릿발이 우수수 솟아났다.

"으앗! 차가워!"

방금 전 탈락했던 청년이 냉기를 버티지 못하고 풀쩍 뛰어올랐다. 아까 실력을 보여주기 위해 도약한 것보다 더 높이.

이번에는 오른손까지 땅바닥에 가져가더니 냉기의 방향을 바꾸었다. 그러자 공터 바로 옆 수풀의 나무들이 순식간에 통째로 얼어붙었다.

"이, 이건 도대체……."

마법에 대해 문외한인 페르딕의 눈에도 그레인의 냉기는 평범한 수준이 아니었다.

"더 보여 드릴까요?"

"추… 충분하네! 아, 그리고 자네! 이번 일이 끝나면 내 용병단에 들어오지 않겠나? 보수는 두둑하게 주겠네!"

"이번 일을 마친 뒤 생각해 보겠습니다."

그레인은 아무렇지 않은 표정으로 공터 밖으로 걸어 나왔다. 그러면서 자신에게 집중된 다른 이들의 시선을 찬찬히 살폈다. 페르딕 옆에 있던 부부는 그레인을 유심히 살펴봤지만, 뭔가 알아챈 듯한 눈빛은 아니었다.

'다행히 날 알아보지는 못하는군.'

그레인이 회귀 후 어떻게 살았는지 모르는 입장에선 그레인의 이미지는 여전히 활활 타오르는 불길일 테니, '지금'의 그레인을 보고 예전의 99번째 결사대원을 떠올리기엔 무리일 것이었다. 게다가 화염의 힘이 아닌 냉기의 힘이라는 점이 그의 정체를 숨기는 데 도움이 되었다.

"다음, 카일! 카일? 어디 있나?"

"여기입니다!"

카일이라는 가명을 쓴 크루겐이 공터 옆 수풀을 헤치고 황급히 뛰어나왔다.

"에구구, 죄송합니다. 갑자기 배가 아파서리……."

"어이! 우선 그 머플러부터 벗어라!"

심사를 진행하던 젊은 용병이 크루겐이 얼굴에 두른 검은색 머플러를 가리키며 소리쳤다.

"저… 제가 옛날에 화상을 크게 입었는데, 그 흉터가 워낙 흉측해서 말입니다."

"얼굴을 보여주지 않을 작정이면 돌아가라."

"정말 괜찮겠나요?"

"용병 짓 10년 넘게 하면서 사람 죽는 것도 질리게 봤는데 무슨 그깟 화상 가지고……."

그러나 머플러에 가려져 있던 얼굴의 일부분을 본 순간, 용병은 입을 멍하니 벌렸다.

"히이익!"

뒤늦게 반응한 용병이 화들짝 놀라 뒷걸음질 쳤다.

"가리는 편이 낫겠죠? 아니면 더 보여 드릴까요?"

"다, 당장 가려! 그리고 웃지 마!"

크루겐은 쓴웃음을 지으며 머플러로 얼굴을 다시 가리더니 한 쌍의 단검을 뽑아 들었다.

앞에 놓인 훈련용 허수아비를 상대로 크루겐은 한 쌍의 단검을 휘리릭 돌렸다.

비록 어둠의 힘을 쓰지 않았지만, 크루겐이 보여주는 움직임은 이전까지 심사를 받았던 이들보다 민첩하고 정확했다.

"호오, 제법 하는데? 아까 그 젊은이에 비하면 부족하지만, 실력은 확실한 것 같군."

"그리고 솔직히 저희들이 찬물 더운물 가릴 처지는 아니죠."

"그래도 마실 수 있는 물을 골라야지. 다행히 이번에도 충분히 마실 만하군."

페르딕이 고개를 끄덕이며 통과되었다는 신호를 보냈다.

안도의 한숨을 내쉬며 그레인에게 다가오는 크루겐의 머플러 아래로 흘러내린 땀이 목 부분을 축축하게 적셨다.

"땀을 많이 흘렸군. 내가 준 얼음이 벌써 다 녹았어?"

"그건 아니야. 저 녀석, 옛날부터 은근히 까다로운 구석이 있어서 말이야. 나도 모르게 긴장했지 뭐야. 휴우, 아무튼 둘 다 무사통과네."

"그런데 굳이 이런 식으로 정체를 숨길 필요가 있을까?"

크루겐은 이미 저 부부를 옛 결사대원이라고 확신을 한 듯 보였다. 그럼에도 굳이 가명까지 쓰며 정체를 숨긴 이유를 그레인은 이해하기 힘들었다.

"그게 말이야……."

크루겐은 주위를 살펴보며 뒤통수를 긁적거렸다.

"처음에는 옛 친구들을 만난다는 생각에 들떠 냉정하지 못했거든. 지금은 달라. 저 부부에게 그냥 정체를 드러냈다면 우리들은 분명히 환영받지 못했을 거야."

                    *   *   *

  그날 총 20명의 경호 병력을 선출한 뒤, 고르다는 페르딕에
게 모든 걸 맡기고 방에 틀어박혔다.

  경호원들은 페르딕의 지시에 따라 저택 곳곳에 배치되었
다. 그리고 급료 외에 편히 묵을 수 있는 방까지 저택 내에 배
정해 줬다. 3층 높이의 으리으리한 저택은 두 명당 방 하나를
배정했음에도 절반 이상의 방이 빌 정도로 넓었다.

  그레인과 크루겐은 저택 1층의 경호를 담당했다. 넓은 거실
과 식당, 조리실과 식자재 창고, 그리고 고용인들의 숙소까지
꼼꼼히 살펴봤다. 외부에서 침입한 흔적이 있는지 같은 지역
을 반복해서 확인했지만, 몇 명의 상인이 저택을 들락거린 걸
제외하고는 저택 내부는 평화롭기만 했다.

  그렇게 시간이 흘러 해가 저물자, 다른 경호원들과 교대한
그레인은 크루겐과 함께 뒤늦은 저녁 식사를 마쳤다. 그 후
방으로 돌아간 그레인은 방문을 잠그고 커튼까지 내린 상태
에서 냉기를 다루는 수련을 시작했다. 아딜나와 동행하던 며
칠간 수련에 매달릴 상황이 아니었기에.

  반면 크루겐은 식당에 남아 다른 경호원들과 뭔가 열심히
이야기를 주고받는 데 열중했다. 특히 고르다 상회의 전속 용

병 페르딕과 쉬지 않고 대화를 이어나갔다.

그레인은 크루겐이 돌아오기를 기다리며 냉기를 다양한 방식으로 전개했다. 이제 냉정한 상태에선 육각으로 냉기를 구현하기가 나름 용이해졌지만, 항상 그런 것은 아닌지라 게으름은 금물이었다.

그렇게 홀로 방을 지키는 동안 시간은 자정 무렵이 되었고, 그사이 방 전체에 서릿발이 솟아났다가 사라지기를 반복했다.

"으앗! 춥잖아!"

방문을 연 크루겐은 자신을 덮친 냉기에 소스라치게 놀라며 양손을 마구 비볐다.

그레인은 크루겐 쪽을 흘깃 쳐다보더니 방 안을 가득 메운 냉기를 몸으로 도로 거두어들였다.

"뭐 하느라 이렇게 늦었어?"

"아무래도 단순히 이 집을 지키기 위해 사람들을 고용한 것 같진 않아서 주변 사람들에게 물어봤지."

크루겐은 탁자에 놓인 물 잔을 들어 올렸지만, 꽁꽁 얼어붙은 걸 보고 도로 내려놓았다.

"그나저나 그 할아범, 너에 대해 꼬치꼬치 캐묻더라. 아무리 봐도 널 대놓고 노리는 눈치던데?"

그레인은 피식 웃으면서 탁자에 내려놨던 또 하나의 물 잔을 크루겐에게 건네줬다. 냉기를 사방에 퍼뜨리면서도 특정 지역만은 제외시키는 훈련 중이어서, 그레인이 건넨 물 잔의 물은 얼지 않았다.

"설마 그 할아범과 수다만 떨고 온 건 아니겠지?"

"당연하지. 그리고 새로운 사람들을 만날 때마다 한 번씩은 확인해 봐야 직성이 풀리거든. 저들 사이에 옛 결사대원들이 있을지도 모르잖아?"

"그래서 성과는?"

그레인의 물음에 크루젠은 고개를 가로저었다.

"대신 사람들을 왜 그리 급히 구했는지에 대해서는 알아냈어. 원래는 그 할아범이 이끄는 용병단원들을 고용했는데, 하필이면 지금 먼 곳으로 보낸 상단을 호위 중이라더라. 그래서 그런 거래."

"그렇군."

"정작 왜 경호 병력을 필요로 하는지에 대해서는 알아내지 못했지만."

크루젠은 방 안을 밝히던 등불에 다가가더니 입으로 훅 불어 껐다.

"그래서 지금부터 알아내려고."

크루젠은 자신의 진정한 힘을 발휘할 수 있는, 어둠이 짙게 깔리는 밤을 기다렸다.

                    *   *   *

　시간이 자정을 넘어가자 저택 내 대부분의 방의 불이 꺼졌다.

　저택의 고용인들은 갑작스레 들이닥친 용병들의 식사를 마
련하느라 피곤한 나머지 곤히 잠들었고, 야간 시간대의 경호
를 담당한 용병들은 고요함 속에서 물 샐 틈 없는 경계를 펼
쳤다.

　정작 고르다와 케리나 부부의 방에는 아직도 불이 켜져 있
었지만.

　"정말 돈을 억수로 벌었나 보다. 이렇게 으리으리한 저택을
도대체 뭔 수로 구입한 거지?"

　어둠 속에 몸을 감추고 저택 안을 이동 중인 크루겐은 2층
을 보며 혀를 내둘렀다. 방을 들르면 들를수록 두 부부의 재
력이 정말 대단하다는 것만 깨닫게 되었다.

　"그런데 진짜 우리의 목소리가 안 들리는 거 확실한 거야?"

　크루겐의 오른손을 붙잡고 동행 중인 그레인은 긴장을 감
추지 못했다.

　빛이 닿지 않는 영역이 이어지는 한, 크루겐은 계속 몸을 숨
길 수 있다.

　하지만 오늘 처음 그가 보여준, 단지 신체와 접촉한 것만으로
도 혼자가 아닌 타인까지 함께 감추는 능력에 적잖이 감탄했다.

게다가 그것으로 모자라 목소리마저 안 들리게 할 수 있다니……. 그레인 입장에서 솔직히 믿기 힘든 게 사실이었다.

"확실해. 정 믿기 힘들면 이걸 봐."

그레인의 걱정에 크루겐은 2층을 돌아다니는 경호원 중 한 명에게 바짝 다가가 손가락을 튕겨보았지만 아무런 반응이 없었다.

"정말 대단한데……."

"확실히 이전 생보다 좋은 능력 맞지?"

크루겐은 어깨를 으쓱거렸지만, 그런 모습마저 그레인에게 보이지 않았다.

그렇게 아무에게도 들키지 않고 2층까지 살펴본 크루겐과 그레인은 3층으로 향했다.

"네 능력, 잘만 이용하면 더 유용하겠는데? 예를 들면 다수를 이런 식으로 이동시킨다든가."

"아, 그건 아직 한 명까지만 가능한 것 같아. 그리고 여러 명에게 시도해 보기엔 무리야. 이래 보여도 꽤나 신경 써야 하는 기술이거든. 만약 조금이라도 정신을 놓으면……."

"어, 이건……."

그레인은 순간 걸음을 멈추고 자신에게 전달되는 크루겐의 감정에 집중했다.

"너, 설마 항상 이런 상태에서 힘을 구사했었나?"

어둠의 힘으로 자신과 그레인의 모습을 숨긴 크루겐의 감정이 여과 없이 고스란히 그레인에게 전해지는 중이었다.

"그리 기분 좋은 느낌은 아니지?"

크루겐은 태연하게 대답했지만, 그레인은 자신의 마음까지 무거워지는 감각이 썩 유쾌하지는 않았다.

공포와 실망, 좌절과 살의, 질투와 분노 등등.

인간이 느낄 수 있는 모든 부정적인 감정이 크루겐의 마음속에서 꿈틀거리고 있었다. 특히 예전 회귀 직전에 크루겐이 직접 겪었던, 생명이 서서히 꺼져가는 듯한 느낌에는 절로 표정이 일그러졌다.

"그래도 평소보다는 감정을 억누르는 중이라고. 만약 이걸 억제하지 않고 타인에게 전달하면 어떻게 되는 줄 알아?"

크루겐이 3층 계단 근처의 방을 열자, 서적으로 빽빽이 들어찬 서재 한가운데서 쥐 한 마리가 무언가를 갉아먹고 있었다. 크루겐은 오른손을 뻗어 쥐의 꼬리를 살짝 집었다.

찍찍!

갑자기 쥐가 마구 몸부림치며 소리를 마구 질렀다. 그리고 잠시 후, 피와 침, 그리고 배설물로 범벅된 쥐의 시체가 카펫 위에 남았다.

"아무것도 하지 못하고 제자리에서 미쳐갈걸? 벤트 섬에서 그 마지막 대련 때 실험해 보려고 했지만, 상황이 여의치 않아서 결국 못 했지."

"혹시 아딜나를 습격했던 그놈에게 썼던 게 이런 식이었나?"

"아주 효과 좋던데? 숨이 꺼질락 말락 했던 경험이 이런 식으로 도움이 될 줄은 그때야 몰랐지. 난 이 능력에 '악몽'이라는 이름을 붙였어. 종종 요긴하게 쓰일 것 같아."

평소와 달리 낮게 가라앉은 크루겐의 목소리가 그레인에게 음침하게 들렸다.

"하지만 너는? 괜찮겠어?"

"내가 하이브리드라는 사실을 잊어버리지 말라고. 어둠의 힘을 얻었으니, 그 어둠이 안겨주는 감정에도 버틸 수 있어."

그레인이 자신의 힘보다 아래인 차가움에 면역되듯이, 크루겐도 자신이 겪었던 어두운 감정에 휩싸이지 않는 상태였다.

'그렇다 쳐도 네가 보여줬던 그 장면은……'

타인인 크루겐을 통해 회귀 전의 자신을 보게 된 느낌은 뭐라 표현하기 힘들었다.

어둠 속에 선명하게 떠올랐던, 죽어버린 아딜나를 두 팔로 안아 올리고서 슬퍼하는 자신의 뒷모습을 크루겐의 시점으로 보게 될 줄은 상상도 하지 못했다.

그러는 사이 둘은 고르다와 케리나 부부의 방 근처에 도착했다.

당연히도 부부의 방 앞을 두 명의 경호원이 부동자세로 지키고 서 있었다. 둘은 바로 옆방으로 조심스레 들어가서는, 베란다를 통해 부부가 있는 방의 베란다로 훌쩍 넘어갔다.

하지만 더 이상 접근하지 못하고 둘은 방과 베란다를 가르는 문 앞에서 멈춰 섰다. 방 안의 등불 때문에 안으로 들어가기엔 애매한 상황이었다.

"케리나, 불 좀 꺼줘."

고르다의 침울한 목소리와 함께 방 안이 어둠에 휩싸였다.

잠시 후, 탁자 위에 촛불 하나만이 탁자 위를 밝혔다. 덕분에 그레인과 크루겐은 조심스럽게 베란다 문을 열고 방 안으로 들어올 수 있었다.

"어디 보자, 흐음… 초상화와 얼추 비슷하네."

크루겐은 가까이에서 두 부부의 얼굴을 확인하고선 초상화를 두 번 접어 품에 집어넣었다.

"역시 너희들이었구나. 콜런, 니카."

콜런.

24번째 결사대원으로, 독수리의 두 눈을 이식받았던 그는 탁월한 시각을 이용해 정찰 임무를 도맡아 했다.

니카.

41번째 결사대원이었던 그녀는 가고일의 날개 한 쌍을 이식받은 하이브리드였다. 하늘을 자유롭게 날아다니며 공중에서의 공격 및 정찰을 담당했고, 같은 임무라는 특성상 콜런과 함께 지내는 시간이 많았다.

거기에 둘 다 가난한 상인 집안 출신이라는 공통점이 덧붙여지자 두 사람의 관계는 연인으로 발전했고, 그레인과 아딜나와 달리 회귀 직전까지 함께 살아남았다.

"예전 생에는 결혼식도 못 올렸는데… 이제야 정식으로 부부가 되었구나."

옛 기억을 떠올리는 크루겐의 말에 아련함이 묻어났다. 하지만 행복해야 할 부부의 표정은 주변을 감싸고 있는 어둠처럼 무겁기만 했다.

크루겐과 달리 두 부부와 그다지 친하지 않았던 그레인은 침묵을 지키며 주변을 살펴봤다. 그러던 도중 시선을 살짝 아래로 내리자 탁자에 놓인, 꼬깃꼬깃하게 접힌 종이가 그의 눈에 들어왔다.

"고르다, 괜찮아?"

방 안에 감돌던 침묵이 깨지자, 그레인은 종이를 집으려고 뻗었던 손을 도로 거뒀다.

"너무 많이 마시지는 마. 아무리 사람들을 고용했다고 해도 안심할 처지가 아니잖아."

"안심할 수 없어서 마시는 거야."

케리나의 만류에도 고르다는 와인 잔에 반쯤 남아 있는 와인을 단숨에 들이켰다. 탁자 아래에는 앞서 비워 버린 와인병

서너 개가 놓여 있었고, 방 안에서는 술 냄새가 진동했다.

"하긴, 오늘 고른 사람들 대부분이 영 미덥지 않았어. 그래도 같이 온 제럴드였던가… 그리고 카일이라는 사람은 괜찮아 보이더라. 페르딕 씨의 실력이야 원래부터 알아줬고, 결국 이 세 명만 믿어야 할 것 같아."

케리나는 안주로 내놓은, 그러나 정작 고르다는 한 입도 대지 않는 땅콩을 집어 입안에 넣었다. 예전 결사대원 시절을 떠올리면 떠올릴수록, 아무리 임시라지만 이번에 고용한 경호원들의 실력은 영 만족스럽지 못했다.

"역시 예전처럼 하이브리드가 되어야 했을까?"

하이브리드의 힘이 있었다면 굳이 이런 식으로 사람을 고용할 필요도 없었을 터였다.

하지만 하이브리드라는 말에 고르다는 마시던 술잔을 '탁' 소리가 나게 내려놓았다.

"케리나, 예전의 널 바라보던 사람들의 시선을 잊었어?"

낮게 가라앉았던 고르다의 목소리가 신경질적으로 변했다.

"난 네가 괴물이라 손가락질 받는 모습 따위 다시는 보고 싶지 않아."

"고르다……."

"우리는 더 이상 하이브리드가 아니야. 인간이라고, 인간!"

고르다가 콜런이란 이름으로, 케리나가 니카라는 이름으로 살아가던 예전 생의 하이브리드가 아닌 다른 인간들에게 받았던 시선을 떠올리자 고르다는 분노가 치밀어 올랐다.

독수리의 눈을 이식받은 자신은 다른 인간들과 크게 다를 바 없었지만, 니카는 달랐다. 자신이 사랑하는 연인이 괴물 취급 받는 예전 생의 현실로 인해, 회귀 이후에는 하이브리드가 되고 싶은 마음은 눈곱만큼도 없었다.

"예전처럼 또다시 하이브리드가 되었다면, 우리들은 교단에서 벗어나기 위해 그 지켜왔던 삶을 똑같이 반복해야 해. 그리고 괴물이라는 낙인에서 벗어날 수 없겠지. 케리나, 이래도 너는 그때로 돌아가고 싶어?"

괴물이라는 말에 어둠 속에 숨어서 부부를 지켜보고 있던 둘의 표정이 숙연해졌다.

'그래, 우리는 괴물이었지.'

그레인은 과거 지겹게 들었던 단어를 떠올리며 두 눈을 지그시 감았다.

다시 하이브리드가 되는 길을 택한 그레인과 크루겐.

과거 접했던 괴로움에 이전과 다른 길을 고른 콜런과 니카.

결코 겹쳐질 수 없는 평행선에 각자 선 셈이었다.

"너는… 저주에서 벗어난 너희들은 날 이해할 수 없어! 교단과 맞선다는 의미 자체가 너희들과 달라! 다시는 그 고통을 겪고 싶지 않아……."

예전 생에서 어쩔 수 없이 교단 편에 서서 싸워야 했던 하이브리드 중 한 명의 외침이 그레인의 뇌리에 떠올랐다 사라졌다.

같은 하이브리드 사이에서도 넘을 수 없는 벽이 존재했다. 하물며 인간과 하이브리드 사이에는 더 높고 두꺼운 벽이 자리를 잡고 있었다.

바로 지금 두 소년과 부부 사이에 놓인 보이지 않는 벽처럼.

"그리고 나는… 아직도 두려워. 회귀하기 직전 내가 어떤 처지였는지 기억하고 있지?"

고르다의 오른손이 와인병을 기울인 채 부들부들 떨기 시작했다. 와인 잔 위로 넘친 와인이 탁자에 흘러내렸다.

"두 다리가 잘려 나갔던 그때의 고통은 아직도 잊히지가 않아. 기껏 떨쳐냈다고 생각했는데… 왜 또다시!"

고르다는 탁자에 놓인 쪽지를 노려봤다. 예전 생을 잊고 살아가던 그에게 과거의 망령을 되살리게 만든 쪽지가 그 어느 때보다 증오스러웠다.

"제길, 역시 술도 소용없어. 도대체 어떻게 해야 그 악몽에서 벗어날 수 있는 거지?"

쾅!

고르다는 와인 잔을 잡고 있던 오른손으로 탁자를 강하게 내려쳤다. 박살 난 와인 잔의 파편이 손바닥에 박혀 피가 철철 흘러내렸지만, 취기 때문인지 그는 고통을 느끼지 못했다.

"고르다! 피! 피 나잖아!"

케리나는 황급히 놀라 자리에서 벌떡 일어났지만, 고르다는 아무렇지 않다는 듯 새 와인병을 찾았다. 그러나 피를 보는 순간, 고르다의 안색이 확 바뀌었다.

"우… 우웨엑!"

고르다의 입에서 먹었던 것이 모두 쏟아져 나왔다.

예전 생에 겪었던 공포 때문일까. 고르다는 피만 보면 구토를 하는 체질이 되어버렸다.

이 와중에 탁자에 놓여 있던 촛불이 와인이 쏟아진 카펫 위로 툭 떨어지며 불이 꺼졌다. 방 안이 어수선해지자 문밖에서 경비를 서던 경호원이 문을 발칵 열었다.

"무슨 일입니까?"

"아, 아무것도 아니다."

문 안으로 들어온 빛이 닿는 부분만 보이자 경호원은 복도에 걸려 있던 등불을 빼내 방 안을 비췄다.

"괘, 괜찮으십니까?"

고르다가 토해낸 토사물과 한눈에 봐도 좋아 보이지 않는 고르다의 안색을 보고 그냥 넘어갈 수 없었다.

"사람을 불러올까요?"

"별거 아니니까… 상관 말고 방 앞이나 지켜."

고르다는 잔뜩 인상을 쓰고서 거칠게 손을 휘저었다.

그의 입에서 흘러나온 침이 실처럼 길게 이어졌다.

"그래도……."

"아무것도 아니라고 했지? 나가! 당장 나가라고!"

경호원은 뭐라 말하려고 했지만, 의미 없다는 걸 깨닫고 조용히 방문을 닫고 나갔다.

"가자."

더 이상 부부의 이야기를 듣기 힘들었던 크루겐은 그레인과 함께 아까와는 반대로 방을 나갔다. 평소와 달리 굳은 표정으로 어둠의 힘을 유지하면서 무작정 걸어가던 크루겐이 그레인은 안쓰럽게 느껴졌다.

"괜찮아?"

계속 앞으로 걸어가던 크루겐은 걸음을 멈췄다.

"아무래도 너하고는 친구였다고 하니……."

"이 정도는 예상하고 있었어. 우리와 달리 예전 생과 다른 이름을 쓸 때부터 대충 짐작하기도 했고, 하물며 더 이상 하이브리드가 아닌 그 녀석들은 우리들과 다를 수밖에 없으니까."

하이브리드로서의 삶을 부정한 모습과 그럼에도 여전히 고통에서 벗어나지 못하는 옛 친구의 얼굴이 야속하기도 하면서 동시에 안쓰러웠다.

"그것보다 지금은 이게 중요해."

크루겐은 그레인이 집어 들려다가 관뒀던 '쪽지'를 펼쳐 들고 흔들었다.

"아무래도 저 녀석들, 자신들의 예전 생을 알고 있는 누군가에 협박받고 있는 것 같아."

쪽지에 적힌 내용에는 고르다와 케리나의 예전 이름, 콜런과 니카가 버젓이 자리 잡고 있었다. 정작 그들을 협박하는 편지의 주인공은 자신의 이름을 밝히지 않았다.

*   *   *

카르디어스 신성력 1397년 4월 24일.

임시로 고용한 경호원들이 고르다와 케리나 부부의 저택을 지킨 지 어느덧 나흘째가 되었다.

처음에는 눈에 불을 켜고 경비에 열중하던 경호원들의 마음 가짐은, 반복되는 평화 속에 지루함을 느끼며 차츰 풀어지기 시작했다. 원래부터 고르다 상회에 전속으로 고용되었던 페르딕과 정체를 숨기고 경호원이 된 두 소년만은 예외였지만.

그레인과 크루겐의 성실하게 경호에 임하는 자세에 페르딕은 그들을 더욱 맘에 들어 했다. 그 둘이 비번일 때나 식사 중

일 때마다 페르딕이 항상 끼어들어 대화를 이끌었다. 크루겐은 페르딕과의 대화에 적극적으로 끼어들었고, 그레인은 평소처럼 둘의 대화를 주로 듣기만 했다.

"그런데 말이죠, 고르다… 님은 원래부터 저런 성격이었나요?"

"저런 성격이라니?"

"첫 인상과는 너무나 달라서요. 그 뭐랄까, 많이 예민한 것 같습니다만."

점심 식사 중인 크루겐은 고르다에 대해 빙 둘러서 말했다.

"그게 말일세… 뭐라고 말해야 할지 잘 모르겠군. 자네들이야 저런 모습이 익숙하겠지만, 나에게는 너무나 낯설다네. 마치 딴 사람을 보는 것 같더군. 원래는 저런 성격이 아니었는데 말이야."

2년 전부터 고르다 상회에 전속으로 고용된 페르딕은 고용주의 갑작스러운 변화에 난감해했다.

"다른 경호원들에게 물어봐도 고르다 님에 대한 인상이 좋다고는 보기 힘들어서요."

실제로 경호원으로 고용된 이들 사이에서 고르다에 대한 평판은 최악에 가까웠다. 고르다의 신경질적인 행동은 단 4일 만에 많은 이를 적으로 돌리기에 충분했다. 일주일의 고용 기간이 끝나면 다시는 저택 쪽을 바라보지도 않을 거라며 치를 떠는 이들도 있었다.

"나도 무슨 일인지 궁금해서 물어봤지만, 아무것도 아니라며 말을 딱 끊어버리더군. 나나 기존 고용인들은 참고 넘어가겠지만, 다른 사람들이라면… 잠시만."

경호원 중 한 명이 페르딕에게 다가오더니 귓속말을 건넸다.

"아, 볼일이 있어서 먼저 자리를 뜨겠네."

페르딕이 급히 남은 음식을 입속에 쑤셔 넣고 급히 식당을 나갔다.

그레인과 크루겐은 식사를 진행하면서 서로만 들을 수 있도록 목소리를 낮췄다.

"크루겐, 역시 옛 결사대원과 관련된 일이겠지?"

"그렇긴 한데, 누군지 짐작조차 안 돼. 편지를 쓴 녀석의 심보가 진짜 고약하다는 것만은 확실하지만. 고르다와 케리나의 옛 이름을 보란 듯이 언급해 놓고 자신의 정체는 쏙 빼놨으니."

"요 며칠간 누누이 말했지만, 교단에 소속된 하이브리드일 가능성은 극히 적어. 그렇다면……."

그들은 며칠 전 입수한 편지를 언급하며 범인이 누구인지 좁혀갔다.

편지에 적힌 주 내용은, 두 부부의 정체에 대해 알려지는 걸 원치 않는다면 재산을 적절히 내놓으라는 협박이었다. 막상 부부의 정체에 대한 구체적인 내용은 적혀 있지 않고, 그들의 옛 이름과 이름 옆에 숫자가 나란히 적혀 있을 뿐이었다.

하지만 이름은 우연히 들어맞은 거라 쳐도 뒤에 적힌 숫자가 문제였다.

24, 41.

결사대원 소속이 아니면 절대 알 수 없는, 두 사람의 코드네임.

결국 이 편지를 보낸 범인은 옛 결사대원 중 한 명으로 좁혀졌다.

결사대원들만의 정보가 타인이나 교단에 유출되었다는 가정은 처음부터 부정했다. 그것까지 감안한다면 지금 그레인과 크루젠이 살아 있는 것 자체가 있을 수 없는 일이기에.

"5년 전인가에 벤트 섬을 탈주했던 수련생 중 한 명일 가능성이 그나마 크겠네."

적지 않은 사상자가 발생했던 벤트 섬의 탈주 사건.

탈주에 성공한 수련생들 중 몇 명은 아직도 붙잡히지 않고 교단의 시야 밖에 숨어 있는 중이었다. 어떻게든 그 탈주자의 명단을 알 수 있으면 좋겠지만, 현재 그들의 입지로선 불가능한 일이었다.

"사람이야 변하게 마련이라지만, 그 30명 중 그런 쓰레기가 나올 거라곤 아직도 상상이 안 가. 뜯어먹을 인간이 없어서 하필이면 같은 결사대원을 뜯어먹어?"

그 부부처럼 자신들과 다른 길을 택하는 것까지 뭐라 할
수 없지만, 가진 것을 일방적으로 강탈하려는 일은 절대 용납
할 수 없었다.

그러나 30명 중 누가 그럴지 여전히 추측조차 안 가는지라
그 정체불명의 습격자가 직접 나타나기만을 기다려야 하는 상
황이었다.

"이얏호!"

돌연 식사 중인 경호원들 사이에서 환호성이 터져 나왔다.

"잉? 뭐야?"

크루겐이 자리에서 일어서려고 했지만, 그보다 먼저 아까
같이 식사 중이었던 페르딕이 제자리로 돌아왔다. 그는 기뻐
하는 다른 경호원들을 넌지시 바라보더니 두 눈을 감고서 고
개를 저었다.

"저렇게 기뻐하다니⋯⋯. 씁쓸하구먼."

"무슨 일입니까?"

"3일 뒤로 오기로 예정되었던 내 부하들이 오늘 내로 도착
할 거라고 연락했더군. 덕분에 자네들과 더 일찍 헤어지게 되
었어. 아쉽구먼."

물론 그의 씁쓸한 미소는 단지 그것 때문만은 아니었다.

"그나저나 이번 일이 용병들 사이에 분명히 소문이 퍼질 텐

데……. 아무리 돈으로 고용한 사람들이라고 해도 이렇게 막 대하면 안 되는 거였어. 이러다가 이 늙은 몸에게도 쓴소리를 할지도 모르겠구먼."

저택을 떠나는 걸 대놓고 즐거워하는 용병들의 목소리에 페르딕은 허탈하게 웃을 수밖에 없었다.

"그나저나 자네들이 용병단에 들어오기는 아무래도 무리겠지?"

"갈 곳은 여기에 오기 전에 이미 정해져 있었습니다."

"그리고 이렇게 된 이상 들어오라고 말하기도 미안하고 말일세. 이제야 좀 정착할 곳을 찾았나 싶더니만……. 다음 계약 갱신 때엔 나도 떠날지 모르겠군."

페르딕은 물을 단숨에 들이켜고는 손등으로 수염에 묻은 물기를 닦아냈다.

"저희 둘, 잠시 자리를 비워도 되겠습니까?"

"벌써? 그렇게 여기에 정이 떨어졌나……. 그래도 돈은 받고 가야지. 아, 물론 기한을 채우지 못했지만 일주일 분량으로 예정된 급료는 전액을 줄 테니 그 부분은 걱정하지 말게나."

"그런 문제가 아닙니다. 페르딕 님의 부하들이 어떤 경로로 오는지 알려줄 수 있습니까?"

그레인은 로브 안쪽에 숨겨둔 한 쌍의 단검, 트윈 엣지의 검 자루를 어루만졌다.

"가장 안심될 때에, 가장 최악의 일이 터지게 마련이거든요."

예전 생에 수도 없이 겪었던 고난 속에서 터득한 직감이 무언가를 경고하고 있었다.

*　　　　*　　　　*

해가 저물고 어둠이 깔리기 시작할 무렵, 저택 앞에 한 줄로 선 경호원들에게 급료가 배분되었다.

페르딕은 자신의 부하들이 도착할 때까지 기다려 달라고 사정했지만, 임시로 고용된 그들은 우선 급료부터 받아야 한다며 강경하게 나왔다. 결국 자리를 뜬 그레인과 크루겐을 제외한 경호원들 전원은 두둑한 돈주머니를 손에 쥐고 함박웃음을 지었다.

"휴우……."

페르딕은 아직도 돌아오지 않은 두 소년이 맘에 걸리는지 깊게 한숨을 내쉬었다.

혹시라도 오고 있나 하는 생각에 시야를 먼 곳으로 향하자, 철제 정문 너머에서 두 대의 마차가 모습을 보였다.

"오, 왔나?"

부하들이 타고 갔던 마차임을 확신한 페르딕은 정원을 가로질러 정문 앞에 도착했다. 부단장 조셉의 얼굴을 확인한 페르딕은 정문을 열어줬고, 두 대의 마차가 순차적으로 정문 안으로 들어와 멈춰 섰다.

하지만 평소와 뭔가 분위기가 달랐다. 부단장 조셉을 제외한, 마차에서 내린 용병들 모두 검은 복면을 둘러 얼굴을 감춘 채였다.

"평소에 가장 믿어왔던 사람부터 의심해야 합니다."

그레인이 남긴 충고를 뒤늦게 떠올린 페르딕은 허리에 찬 검에 손을 가져가며 조셉 쪽을 바라봤다.

"자네, 설마……."

조셉은 대답하지 않고 슬금슬금 뒷걸음질을 치더니 정문 밖으로 나가자마자 전속력으로 도망치기 시작했다. 그는 뭔가 묵직하게 들어 있는 주머니를 품에 안고서 저택 옆 수풀 속으로 모습을 감췄다.

"이보게들! 침입자야! 침입자라고!"

페르딕은 경호원들이 모여 있는 정원 쪽을 향해 소리치며 손짓으로 오라고 신호를 보냈다.

"어이, 이보게들! 왜 이리로 안 오나? 다들 어디 갔어?"

페르딕의 목소리가 높아졌지만, 분위기를 파악한 그들은 후문 쪽으로 빠져나가는 중이었다.

용병단의 '마차'가 도착한 순간부터 그들과 고르다 상회와의 계약은 끝난 거나 마찬가지였다.

"그 녀석, 정말 인망 하나는 확실하게 잃었구나, 낄낄낄⋯⋯."

15명의 검은 복면 중 우두머리로 보이는 남자의 입에서 기분 나쁜 웃음소리가 흘러나왔다.

"이 영감은 너희들이 맡아라. 나머지는 날 따라오도록."

우두머리의 지시에 10명의 검은 복면이 페르딕을 완전히 포위했다.

페르딕은 검을 뽑아 든 채로 검은 복면의 우두머리가 저택 안으로 들어가는 걸 보고만 있어야 했다.

"젠장!"

페르딕은 욕설을 내뱉으며 검을 휘둘렀다.

어떻게 해서든 빨리 이들을 해치우고 저택 안으로 들어간 자들까지 처리해야 했지만, 너무 서둘러서인지 그의 공격은 통하지 않았다.

괴한들은 수적으로 유리하다는 점을 충분히 활용해서 적극적으로 공격하지 않았다. 사방으로 그의 신경을 분산시켜 지치게 만들었고, 결국 페르딕은 원래 실력을 제대로 발휘하지 못하고 고전했다. 시간이 흘러갈수록 전신이 땀에 젖어갔고, 괴한들은 복면 너머에서 비웃었다.

"헉, 헉⋯⋯."

쉬지 않고 흘러내리는 땀 때문에 눈이 따끔거리자 연신 눈을 깜박거렸다.

"이런 놈들 따위, 아무것도 아닌데……."

자신을 바라보는 20개의 눈에서 벗어나기 위해 앞으로 돌진해도, 괴한들은 포위망은 조금도 흐트러지지 않았다. 다급함에 검을 마구 휘둘러도 그들은 여유롭게 뒤로 피했다.

당장 달려가야 할 저택을 등지고 서 있는 지금이 페르딕은 너무나 원망스러웠다.

"꺄아악!"

바로 그때, 저택 안에서 들린 비명에 페르딕은 반사적으로 고개를 저택 쪽으로 돌렸다.

"크윽!"

뒤에서 찌른 검을 피하지 못한 페르딕은 어깨를 감싸 쥐며 주저앉았다. 손가락 사이로 배어난 피가 팔을 타고 팔꿈치 아래로 뚝뚝 떨어졌다.

"제길, 여기까지인가."

페르딕은 바닥에 떨어뜨린 검을 바라보며 눈을 질끈 감았다.

하지만 전신을 강타해야 할 고통은 느껴지지 않았다. 대신 차가운 냉기가 주변에 감돌았다.

"얼음벽?"

눈을 뜬 페르딕의 사방을 두꺼운 얼음벽이 감싸고 있었다. 밖에서 검은 복면들이 열심히 무기를 휘두르고 찔렀지만, 얼음벽에 흠집만 생길 뿐 깨지지 않았다.

"페르딕 님!"

"늦어서 미안합니다!"

"오, 자네들! 돌아왔구먼!"

그레인과 크루겐의 목소리를 들은 페르딕은 어깨를 감싸 쥔 채로 벌떡 일어섰다. 절망 속에서 희망을 엿본 기분이었다.

그래봤자 3 대 10의 상황. 수적인 열세는 여전했다.

"크루겐, 너는 페르딕 님한테로 가!"

"알았어!"

스르릉.

그레인은 저택에 온 이후 단 한 번도 보여주지 않았던 한 쌍의 단검, 트윈 엣지를 뽑아 양손으로 강하게 움켜쥐었다.

검은 복면을 쓴 괴한들과 그레인은 서로를 향해 달려갔고, 교차하면서 스쳐 지나갔다.

"으아악!"

"크헉……."

핏방울이 허공에 솟아오르며 괴한들의 입에서 비명이 울려 퍼졌다.

순식간에 두 명이 쓰러지자, 남은 괴한들은 당황하며 뒤로 물러섰다. 하지만 더 이상 움직이지 못하고 멈춰 서야 했다. 그레인이 땅바닥에 손을 갖다 대자, 빠르게 퍼져 나간 냉기가 그들의 발을 꽁꽁 얼렸기 때문이다.

팍! 팍!

그레인이 정면과 등 뒤로 날린 트윈 엣지가 두 괴한의 가슴에 정확하게 꽂혔다.

그사이 크루겐의 단검에 다섯 명이 아무것도 하지 못하고 목 뒤로 피를 뿜으며 고꾸라졌고, 남은 한 명은 그레인이 새로 뽑아 든 장검에 베여 앞으로 털썩 쓰러졌다.

"상황이 상황인지라 냉기를 조절하기 힘들었습니다. 양해 바랍니다."

페르딕 쪽으로 다가간 그레인이 얼음벽에 손을 가져가자, 견고했던 얼음벽이 순식간에 녹아내렸다. 페르딕의 수염 아래 매달렸던 작은 고드름 역시 빠르게 녹아 사라졌다.

"자네들, 저… 정말 대단하구먼!"

"우선 응급처치부터! 칭찬은 나중에 들어도 되니까요."

크루겐은 잽싸게 지혈제가 든 유리병을 열어 상처에 끼얹고 붕대를 둘둘 감았다. 나무에 등을 기대고 주저앉은 페르딕은 고통마저 잊고서 그레인을 뚫어져라 바라봤다.

아무리 봐도 20살도 못 넘긴 소년이 분명한데, 실력은 자신을 훨씬 뛰어넘고도 남았다. 거기에다가 사방이 피와 시체들로 가득함에도 두려워하는 기색을 조금도 찾아볼 수 없었다. 그리고 무엇보다도…….

"자네는… 마법사가 아니었나?"

단검은 물론 검까지 능숙하게 다루는 그레인의 모습은 냉기의 힘을 쓴다는 점을 제외하면 오히려 검사에 가까웠다.

"전 제 입으로 마법사라고 말한 적은 단 한 번도 없었습니다만."

"그, 그랬었나?"

"그것보다 늦어서 죄송합니다. 이곳을 습격하려던 인원이 두 갈래로 나뉘어 온다는 걸 뒤늦게 알았던 터라…….'

"두 갈래? 혹시 다른 용병들도 배신했나?"

"그건 아닐 겁니다. 한 놈을 족쳐보니, 상단을 호위 중인 용병 부대는 아직도 오는 중이라더군요."

"다행이야. 정말로 다행이야."

10년간 부단장으로 신용을 쌓아왔던 조셉의 배신을 눈앞에서 목격했던 터라, 페르딕은 안도의 한숨을 깊게 내쉬었다.

그러나 곧바로 잊어버린 걸 떠올리며 자리에서 벌떡 일어섰다.

"으윽, 이럴 때가 아니야!"

"상처가 다시 터질 수 있으니 움직이지 마십시오."

"여기 쓰러뜨린 이들이 전부가 아니네! 저택 안에 또 있어!

그 부부를 구해내야 해!"

페르딕의 외침에 크루겐의 손에서 지혈제가 담긴 유리병이 미끄러지듯 아래로 툭 떨어졌다.

"네? 무슨 소리입니까?"

"대피하지 않았나요?"

"그게 말일세, 다른 사람들을 믿을 수 없다면서 금고가 있는 방에서 나가길 거부했다네."

"이런……."

크루겐은 아랫입술을 깨물며 두 눈을 질끈 감았다. 트윈 엣지에 묻은 피를 털어내던 그레인의 손이 검 자루를 꽉 움켜쥐었다.

하지만 고민하고 있을 시간은 없었다. 크루겐은 그레인의 왼손을 붙들고서 저택 옆 그림자로 걸어갔다.

"여기서 기다리고 계세요! 저희들이 갈 테니까!"

크루겐이 말을 마치자, 둘의 모습이 순식간에 사라졌다.

"어? 자네들, 어디 갔는가?"

페르딕은 고개를 이리저리 돌리며 두 소년을 찾았지만, 어둠 속으로 녹아들어 간 그들은 이미 시야에서 벗어난 지 오래였다.

* * *

괴한들이 침입한 저택 내부는 삽시간에 피와 비명으로 뒤덮였다.

설거지 중이던 요리사는 등에 단검이 깊숙이 박힌 채 조리실 바닥에 쓰러졌다. 저택 안을 청소하던 하녀의 머리가 피투성이가 되어 유리창에 처박혔고, 카펫 위에 떨어진 핏방울이 계단을 타고 위로 길게 이어졌다.

살아남은 고용인들은 부리나케 저택을 빠져나갔고, 시체만이 남은 저택 안에는 고요함만이 감돌았다.

단 한 곳, 고르다와 케리나 부부의 방만을 제외하고.

"고작 이런 걸로 날 막으려 했다, 이거지?"

괴한들의 우두머리로 보이는 청년이 으름장을 놓으며 하인의 시체를 발끝으로 툭툭 걷어찼다.

"앞으로는 순순히 내놓도록 해. 네가 벌어들이는 돈에 비하면 이 정도야 아무것도 아니면서 뭘 그렇게 아까워해? 사람이 베풀 줄도 알아야지."

청년은 탁자에 걸터앉더니 커다란 돈주머니 안에 양손을 집어넣었다. 손끝에 잡히는 금화의 감촉에 그의 입가에 미소가 자리 잡았다.

그의 부하들은 카펫 아래 숨겨져 있던 비밀 금고를 끄집어내더니, 자물쇠를 부수고 안에 든 금화와 보석들을 다른 돈주머니 안에 담기 시작했다.

"으윽, 요즘 수익이 줄어들어서 이게 전부야……."

"그건 네 사정이고. 나는 알 바 없어."

청년이 고르다의 머리채를 잡고 들어 올리자, 고르다의 입가에서 흘러나온 피가 탁자로 뚝뚝 떨어졌다. 반 토막 난 앞니가 피를 타고 턱 아래로 미끄러졌고, 그걸 본 케리나는 방구석에 주저앉은 채로 부들부들 떨고 있었다.

"아무튼 감히 나에게 반항했으니 다음부터는 이거의 배를 내도록 해."

청년이 금화를 한 움큼 집어 들더니 손바닥을 펼쳤다. 손가락 사이로 흘러내리는 금화들이 서로 부딪혀 내는 소리를 청년은 눈을 감고 즐겼다.

"더 이상은… 돈을 내줄 수 없어."

"더 이상? 내가 곱게 대해주니까 이성을 상실했구나?"

쾅!

청년이 고르다의 머리를 붙잡고 탁자로 강하게 내리찍었다. 고르다의 얼굴에서 흘러나온 피가 탁자 위에 서서히 퍼져 나갔고, 케리나는 머리를 감싸 쥐고 비명을 질렀다.

"어디 한번 사람들을 더 고용해 봐. 여기로 오는 족족 다 죽여 버릴 테니까."

"우, 우웩!"

시야가 온통 피로 물들자 고르다는 배를 움켜쥐고 토하기 시작했다. 청년은 급하게 옆으로 피하면서 얼굴을 잔뜩 찌푸렸다.

"야, 너 진짜 꼴불견이야. 그래도 예전에는 험하게 살았는데, 이젠 고작 피 좀 봤다고 이 지경이야?"

"우욱……."

"아, 그래. 교단에 연락해서 치료라도 받아보지그래? 낄낄낄……."

"굳이 연락할 필요는 없다."

휙!

그레인이 던진 트윈 엣지가 두 명의 괴한을 노리고 날아갔다.

"커헉!"

"크억……."

정확하게 목에 박힌 두 개의 단검.

그들은 돈주머니 위로 무너지듯 쓰러졌고, 흘러내린 피가 금화 사이에 배어들었다.

"누, 누구냐!"

"너무 늦어."

나머지 괴한들이 급하게 무기를 뽑아 들었지만, 이미 크루겐의 단검이 그들의 목 뒤를 베어낸 후였다. 부들부들 떨며 쓰러진 그들의 목 뒤에서 핏줄기가 뿜어져 나왔다.

청년과 함께 온 네 명의 괴한이 순식간에 숨을 거두자 방 안에는 팽팽한 긴장감이 감돌았다.

"너희들은 누구냐!"

그레인이 대답 대신 던진 단검이 청년의 오른팔을 향해 날아갔다. 그러나 박히지 않고 허공으로 튕겨 올랐다.

이번에는 청년의 뒤에 나타난 크루겐의 단검이 서로 대각선을 그리며 크게 휘둘려졌다.

"쳇, 명색이 하이브리드라고 다른 놈들처럼 순순히 죽어주진 않네."

가까스로 공격을 피하긴 했지만, 찢겨져 나간 복면 안쪽의 얼굴이 고스란히 드러났다.

"이, 이런… 얼굴이!"

청년은 다급히 왼손으로 얼굴을 가렸지만, 크루겐은 청년을 알아보고 인상을 찌푸렸다.

"너는……."

"내가? 뭐?"

"14호지? 이름은 케이오르였고."

얼굴 여기저기에 자리 잡은 흉터는 예전 생에는 없었지만, 기억 속에 흐릿하게 남아 있는 케이오르의 젊었을 적 인상이 지금 당황하고 있는 청년과 거의 흡사했다.

"케이오르? 그 녀석이 바로 저놈이야?"

"응, 맞아. 콜런과 다른 의미로 기억할 수밖에 없었지."

크루겐은 어금니를 살짝 깨물면서 케이오르와의 악연을 뇌리에 떠올렸다. 비록 좋은 사이는 아니었지만, 예전 생의 그는 이런 식으로 동료를 핍박하는 인간은 결코 아니었다.

"너, 정말 많이 변했구나. 그때 '그녀'를 습격했던 놈들이 너의 부하들일 줄은 상상도 하지 못했어."

"무, 무슨 소리지?"

"추가로 오기로 했던 놈들은 이미 저세상에 가 있어. 밖에 있던 놈들도 다 해치웠고."

"헛소리 작작해! 너희들은 누구지? 누구냐고!"

자신을 단번에 알아본 두 소년을 향해 케이오르는 악을 질렀다.

크루겐은 뒤통수를 긁으며 그레인 쪽을 바라봤다.

"아무래도 네 이름을 밝히는 쪽이 이야기가 쉽게 풀리겠어."

"너는?"

"난 별로 안 유명했잖아. 괜찮겠지?"

그레인은 대답 대신 고개를 끄덕거렸다.

"너희들, 99호라면 알겠어?"

크루겐이 무표정하게 서 있는 그레인을 가리키자, 둘을 제외한 나머지 셋의 시선이 한곳으로 몰렸다.

"99호? 설마… 너!"

"그, 그레인?"

"화룡의 어금니를 이식받았던 그레인?"

케이오르는 물론이거니와 두 부부까지 그레인을 알아보고 경악했다.

결사대원 중에서도 손꼽히는 실력자였던 99호, 그레인.

온몸을 화염으로 감싼 채 적진 한가운데로 돌진하던, 예전 생의 그레인이 그들의 뇌리에 선명하게 되살아났다.

그런 그레인의 등장에 케이오르는 마른침을 꿀꺽 삼켰다. 하지만 이내 원래 표정으로 돌아가더니 사악한 미소를 머금었다.

"그 잘나신 그레인 '님'께서 여긴 웬일이신지?"

"케이오르, 예전 생의 네가 돈을 밝히긴 했어도 이건 정도가 너무 지나쳤다. 게다가 다른 사람도 아니고, 하필이면 같은 결사대원에게 돈을 뜯다니……."

"그래서 뭐?"

크루겐의 질책에 케이오르는 어깨를 으쓱거리며 웃기만 했다.

실력은 그레인에 비해 한참 모자랐지만, 자신보다 아래라고 여기는 동료들에게는 거칠게 굴던 이가 바로 케이오르였다. 그래서 예전 생에선 그레인의 지적에 조용히 물러나곤 했지만, 지금은 다르다고 케이오르는 생각했다.

"99호, 네가 강했던 건 어디까지나 예전 이야기일 뿐이야.

지금은 아니겠지? 게다가 화염의 어금니를 네가 이식받았을 리도 없겠고."

"그건 무슨 의미지?"

"대답할 의무 따위 없잖아? 아무튼 날 방해한 대가를 톡톡히 치르게 해주겠어."

케이오르는 허리에 차고 있던 검을 뽑아 들었다.

"이번 생의 네 실력이 어떠한지 한번 확인해 볼······."

여유를 실컷 부리는 케이오르와 달리, 그레인은 신속하게 오른손을 지면에 가져갔다. 방바닥을 타고 퍼져 나간 냉기가 케이오르의 양발을 휘감았다.

"헉, 뭐야?"

예상하지 못한 냉기에 케이오르가 당황하는 사이 그레인이 바로 그의 앞까지 빠르게 다가왔다.

카앙!

그레인의 단검, 트윈 엣지를 케이오르는 오른팔로 막아내며 의기양양해했다. 이번 생에 새롭게 이식받은 리저드맨의 오른팔이었다.

"그 정도 공격 따위 나에겐 안 먹혀!"

"먹히게 해주지."

트윈 엣지를 타고 전달된 냉기가 순식간에 케이오르의 오른팔을 급속히 얼렸다.

"내 비늘이 얼어붙었어? 말도 안 돼!"

웬만한 추위나 열기 정도는 쉽게 막아주는 리저드맨의 비늘이 그레인의 냉기를 막지 못하고 무력화되었다. 케이오르는 황급히 뒤로 물러섰지만, 그레인은 앞으로 나서며 그와의 거리를 다시 좁혔다.

화룡의 어금니를 이식받았던 과거의 그레인은 분명히 강했다. 하지만 그걸 제외한 그레인의 실력 자체가 자신보다 약할 거라 추측한 케이오르의 생각은 완전히 오산이었다.

캉! 카앙!

단검 트윈 엣지를 능숙하게 다루는 그레인을 상대로 케이오르는 계속 밀리기만 했다. 그는 돈까지 포기하며 도망칠 경로를 찾아봤지만, 항상 자신의 정면에 나타나는 그레인을 떨쳐내기엔 무리였다.

"헉… 헉……."

사방으로 퍼져 나가는 냉기를 버티느라 케이오르의 호흡은 거칠어졌지만, 그레인의 얼굴에는 지친 기색은 조금도 보이지 않았다.

크루겐은 둘 간의 사투에 끼어들지 않고 고르다와 케리나 앞에 서서 그들을 보호했다. 그레인 혼자서 케이오르를 밀어붙일 정도로 둘 사이의 실력 차이는 명확했다.

"크윽!"

차가움을 버티지 못한 케이오르의 손에서 검이 떨어졌다. 그는 바닥에 떨어진 검을 줍기 위해 팔을 뻗었지만, 그보다 먼저 그레인의 오른발이 검을 멀리 걷어찼다.

"케이오르, 다시는 이런 짓은 하지 마라."

두 개의 단검, 트윈 엣지가 케이오르의 목을 베기 직전 멈춰 섰다.

"나, 나는 그저 돈이 필요해서……."

"옛 결사대원이라는 이유로 찾아오는 건 자유라고 쳐도, 저 부부를 괴롭히는 건 자유가 아니다."

칼날에 서린 냉기처럼 그레인의 표정은 그 어느 때보다 차가웠다.

"그렇게 돈이 중요한가?"

"나는… 벤트 섬에서 탈주한 후 교단의 감시를 피하느라 먹고살기조차 힘들었다고! 그런데 저 녀석들은 버젓이 떼돈을 벌고 있었어! 어차피 오늘 가져갈 돈 정도는 저 녀석들에게 아무것도 아니라고!"

케이오르는 부들부들 떨면서도 목소리를 높였다.

회귀 전에도 결사대원 내에서의 행실이 그렇게 좋다고 보기는 힘들었지만, 최소한 다른 결사대원을 협박하는 일 따위는 하지 않았다. 확실히 예전 생에 비해 변해 버린 케이오르를 바라보는 그레인의 시선은 안타까움이었다.

"그, 그래! 너도 같이 이놈들 돈 가져가면 어때?"

"……"

"어차피 저 녀석들은 자기들이 번 돈을 다 쓰고 죽지도 못할 거야! 그러니까… 응?"

케이오르의 거듭된 회유에도 그레인의 표정에는 아무런 변화가 없었다. 대신 케이오르의 목을 겨눈 트윈 엣지의 검날이 더욱 가까이 다가갔다.

"난 분명히 이런 식으로 살지 말라고 했다. 두 번째 말했어."

몇 번이나 죽일 기회가 있었음에도 케이오르를 생포하기 위해 힘을 조절했던 그레인의 얼굴에 분노가 자리 잡았다.

"나는……"

고개를 옆으로 돌린 케이오르의 시야에 문 쪽으로 슬금슬금 기어가는 케리나가 들어왔다.

"젠장! 이렇게 된 이상……"

케이오르는 이를 악물더니 트윈 엣지를 양손으로 움켜쥐면서 몸을 빼냈다. 트윈 엣지에 손바닥이 베여 피가 흘러내렸지만, 케이오르는 아랑곳하지 않고 케리나를 뒤에서 붙잡았다.

"다가오지 마! 이년의 목이 꺾이는 걸 보고 싶지 않다면!"

케이오르는 피투성이가 된 손으로 케리나의 목을 움켜쥐고 협박했다. 반면 그레인은 조금도 당황하지 않았다.

"마지막 기회다. 이런 식으로 살지 마라. 세 번째 충고했다."

"마지막 기회? 충고? 웃기지 마! 이렇게 된 이상 교단에 가서 모든 걸 말하겠어! 누가 회귀했는지, 그리고 누가 결사대원이 되었는지를 모두!"

어차피 이대로 죽을 위기라면, 자신보다 잘사는 인생 자체를 허락하기 싫었다.

그레인은 방 전체를 냉기로 뒤덮으려고 했지만, 있어야 할 누군가가 사라졌다는 걸 알고 도로 관뒀다.

"겁나지? 지금이라도 싹싹 빈다면 없던 일로 해줄 수도 있는데……."

"글쎄."

그레인의 시선은 케이오르가 아닌 그의 그림자를 향했다.

바로 그때, 그림자가 꿈틀거리더니 위로 솟구쳤다.

"으아악!"

케이오르의 비명과 함께 잘려져 나간 손가락 아래로 핏방울이 후두둑 떨어졌다.

고통을 이기지 못하고 비틀거리던 케이오르가 탁자에 걸려 그 위로 휙 넘어졌다.

"그레인 말고 나도 있다는 걸 잊지 말라고, 14호."

잠자코 침묵을 지키고 있던 크루겐은 단검을 아래로 휘두르면서 검날에 묻은 피를 털어냈다.

피투성이가 된 오른손을 붙잡고 인상을 쓰는 케이오르의

이마를 향해 그레인이 단검을 겨눴다.

"그, 그레인! 설마 나, 날 죽이진 않겠지? 같은… 그… 그래! 결사대원이었잖아?"

"분명히 이전 생에서 우리는 동료였지."

"그, 그래!"

그레인의 긍정에 케이오르는 눈을 껌벅이며 고개를 끄덕거렸다.

"그런데 아까 넌 뭐라고 말했지? 교단에 가서 모든 걸 폭로하겠다고 했지?"

"그… 그건!"

"회귀한 결사대원 모두를 시궁창에 빠뜨리려 한 순간, 넌 더 이상 동료가 아니다."

그레인은 탁자에 쓰러져 있는 케이오르의 가슴에 왼손을 펼쳐 갖다 댔다. 그의 왼손에서 솟아난 육각의 얼음 뿔이 케이오르와 탁자를 동시에 관통했다.

"크헉……"

가슴이 뚫린 채로 입에서 피를 토해낸 케이오르는 그 자리에서 절명했다.

탁자 주위가 완전히 피로 홍건히 젖었고, 그레인에게서 퍼져 나온 냉기가 케이오르의 시체를 완전히 얼려 버리면서 출혈이 멈췄다.

그레인은 얼굴에 묻은 피를 손등으로 쓰윽 닦아낸 뒤 고르다와 케리나 부부를 응시했다.

그들은 그레인이 자신들을 구해줬다는 고마움보다는 피투성이가 된 그를 마주 보는 두려움에 벌벌 떨었다.

"방을 더럽혀서 미안하게 되었군."

"아, 아니야! 저, 정말로 고마워!"

"속은 괜찮나?"

"괘, 괜찮아."

피만 보면 구역질을 하던 고르다였지만, 온통 피투성이가 되어버린 방에 질려 버렸는지 더 이상 구토를 하지 않았다.

"어이! 모두 무사한가?"

바로 그때, 방문이 벌컥 열리면서 페르딕이 고함을 질렀다.

"오, 자네들! 정말 해냈군! 대단하네!"

페르딕은 연신 감탄하며 두 부부를 구해낸 그레인과 크루겐을 칭찬했다.

하지만 페르딕의 난입에 그레인은 앞으로의 일을 어떻게 설명해야 할지 몰라 난감해했다. 부부가 자신이 그레인이라는 걸 안 이상, 어떤 식으로든 입을 막아야 했다.

"그레인, 나에게 맡겨."

그의 속마음을 읽은 크루겐이 앞으로 나서더니 품에 숨겨 놨던 은색 로사리오를 꺼냈다.

"페르딕 님, 보다시피 저희는 교단 소속 하이브리드입니다."

"하이브리드? 설마 그 하이브리드 말인가?"

고르다 상회에 전속으로 고용되기 전, 용병단을 이끌던 페르딕은 교단 소속 하이브리드를 접한 적이 있었다.

자신의 반도 안 되어 보이는 나이임에도 수십 년 넘게 검을 손에서 놓지 않은 자신보다 뛰어난 실력을 발휘했던 그 하이브리드를 페르딕은 결코 잊을 수 없었다.

"어쩐지 둘 다 일개 용병의 실력으로는 도저히 안 보인다 싶었더니만……. 그랬었군. 이제야 확실히 이해되는구먼."

"사실 저희들은 교단을 탈주한 하이브리드의 처분을 담당하고 있습니다."

크루겐은 평소와 달리 진지한 얼굴로 케이오르의 얼어붙은 시체를 가리키며 말했다.

"그랬구먼."

"이를 위해 정체를 속인 점, 양해 부탁드립니다."

"그거야 어쩔 수 없는 일 아니었는가. 이해하네."

"그런고로 이곳에서 일어났던 일에 대해서는… 아무래도 교단과 관련된 일이니 함구해 주시길 바랍니다."

"알겠네. 나도 괜히 입 놀리다가 괜한 화를 입고 싶진 않으니."

"그리고 이 부부에게 물어볼 것이 있으니 가능하면 자리를 피해주십시오."

페르딕은 씁쓸한 표정으로 고개를 끄덕였다. 이전까지 친근하게 느껴졌던 두 소년 앞에 '교단'과 '하이브리드'라는 단어가 붙자 갑자기 멀게만 느껴졌기 때문이다.

페르딕이 밖으로 나가자 방 안에 침묵이 감돌았다. 크루겐은 제자리를 빙빙 돌며 그냥 갈까 말까 망설였고, 그런 그를 그레인은 가만히 기다렸다.

"그래, 그냥 가기엔 좀 그렇지?"

뭔가 결심한 크루겐은 부부를 바라보며 입을 열었다.

"콜런, 그리고 니카."

크루겐이 자신들의 '옛 이름'을 태연히 언급하자 부부는 소름이 확 돋았다.

"나야, 나. 크루겐. 12호. 기억 안 나?"

"크… 크루겐?"

"네가?"

"왜, 낯설어?"

피로 점철된 방 안에서 아무렇지 않게 말하는 크루겐은 확실히 그들에게 낯설게만 느껴졌다. 부부의 기억 속의 크루겐은 먼저 말을 걸어오지 않는 한 침묵만 지키는 소심한 타입이었기 때문이다.

"그야 나도 변했으니까. 너희들처럼, 그리고 저 녀석처럼."

크루겐은 얼음 속에 갇힌 케이오르의 시체를 흘깃 쳐다봤다.

"정말 크루겐이 맞아?"

"응. 얼굴을 보여주면 쉽게 설명되겠… 지만, 지금은 보여주기가 좀 그래."

어둠의 힘을 사용한 지 얼마 되지 않았기에 머플러에 가려진 그의 얼굴은 흉측하게 변한 상태였다.

"혹시 우리들까지 잡기 위해 온 거야?"

"그거야 영감님 속이려고 그런 거고. 왜 내가 너희들까지 잡으러 왔다고 생각하는 거야?"

크루겐이 단검을 검집 안에 집어넣는 소리에 부부는 흠칫하며 뒤로 물러섰다.

"그렇게 여겨도 무리는 아니지. 이해해. 우리들이 두려울 거야. 너희는 더 이상 괴물이 아니지만, 우리는 여전히 괴물이니까."

"무, 무슨 소리야?"

"미안, 3일 전에 너희들이 했던 말을 좀 들었거든."

순간 고르다의 얼굴에 핏기가 사라졌다.

"이런 반응이 나올 것 같아서 일부러 정체를 숨겼어. 아, 교단 소속인 건 맞아. 하지만 교단을 쓰러뜨리기 위한 힘을 키울 때까지 머무르는 것뿐이야. 나와 그레인의 목표는 회귀 전과 똑같아."

카르디어스 교단의 섬멸.

예전에는 100명, 그리고 마지막으로 살아남은 30명의 목표는 어느새 더 적은 이들의 힘겨운 목적으로 변해 있었다.

"그러나 우리들의 목표를 너희들에게 강요할 생각은 없어. 이름까지 바꾸면서 하이브리드가 되지 않고 살아가는 너희들은 이미 우리와 다르니까."

크루겐이 케이오르의 시체에 손을 가져가자, 차가운 기운이 그의 손까지 뒤덮으며 서릿발이 돋아났다.

"이대로는 들고 가기는 무리인데. 그레인, 부탁 좀 할게."

그레인이 왼손을 살짝 움켜쥐며 냉기를 거두자 케이오르를 뒤덮었던 얼음이 순식간에 녹아 사라졌다.

"어차피 새어 나가면 우리들이나 너희들이나 곤란해지니, 여기서 일어난 일은 비밀로 해줘."

크루겐은 옛 동료의 시체를 왼쪽 어깨에 걸쳐 메고 고르다와 케리나의 옆을 스쳐 지나가며 말했다. 이대로 밖으로 나가, 다시는 만나지 않을 작정이었다.

"잠시만 기다려!"

등 뒤에서 들린 외침에 둘은 걸음을 멈췄다.

고르다는 케이오르가 박살 냈던 비밀 금고 안을 허겁지겁 뒤지기 시작했다. 원래 주려고 했던 돈주머니 안에 추가로 손에 잡히는 대로 온갖 보석들을 쑤셔 넣었다.

"이 정도면 충분하겠지? 14호 같은 놈이 또 우리를 노릴지도 몰라! 그러니 우리를 보호해 줘! 제발!"

"……."

"모자라? 더 필요해?"

크루겐의 표정에 변화가 없자 고르다는 손에 끼고 있던 반지까지 빼내 돈주머니 안에 집어넣었다.

"모자라다면 말해! 상회에 따로 모아놓은 돈도 빼내서 줄……."

"돈은 필요 없어."

"필요 없다고?"

"돈으로 많은 걸 해결할 수 있지만, 모든 걸 해결할 수는 없어."

크루겐의 기억 깊숙한 곳에 자리 잡고 있던 말.

그 말을 꺼냈던 장본인에게 그대로 되돌려 주게 된 지금이 크루겐에겐 얄궂게만 느껴졌다.

그리고 자신이 그런 말을 했다는 기억조차 가물가물한 고르다는 크루겐을 믿을 수 없다는 눈빛으로 올려다봤다.

"그러면 떠나기 전에 마지막으로 충고 하나 할게. 케이오르 같은 녀석을 다시 만나고 싶지 않다면, 우리들의 세상에서 완전히 발을 빼도록 해. 그러면 너희들을 알아보고 올 다른 동료들은 더 이상 없을 거야."

"발을 빼라고?"

"그리고 이렇게 많은 돈이라면, 우리들에게 주기보다 암살자를 고용해서 확실하게 입막음하는 편이 낫지 않아? 예전의 너희들이라면 생각하고도 남았을 텐데, 거기까지 생각은 못 미쳤나 보구나."

크루겐의 냉정한 지적에 고르다는 할 말을 잃었다.

과거를 잊기 위해 미친 듯이 돈을 벌어들인 그들은, 막상 돈을 '제대로' 쓰는 법을 잊어버리고 있었다.

"콜런, 니카, 너희들은… 아니지."

크루겐은 하던 말을 멈추고 고개를 숙였다가 다시 들어 올렸다.

"고르다, 케리나."

크루겐은 부부를 예전 생의 이름이 아닌 현재의 이름으로 불렀다.

"너희들은 하이브리드가 되지 않은 것만으로 옛 결사대원들과의 관계를 완전히 끊었다고 여기고 있는 것 같은데, 틀렸어."

"무슨 소리야?"

"회귀 이후 연락 한 번 없던 너희들을 나와 그레인이 어떻게 찾아냈을까? 그건 회귀로 인해 세상을 보는 시각이 바뀌었기 때문이야. 현 세상에서, 상식을 벗어난 수준의 성장이나 이득을 취하는 이들을 우선 결사대원이라 의심하게 되었거든."

"그, 그건……."

"회귀 이전의 세상에 대해 알고 있었으니, 그걸 토대로 장사에 성공했겠지? 너희들이 아무리 상인 집안 출신이라고 해도, 예전 생에서 장사로 거부가 된 건 아니었으니까. 결국 회귀로 인한 시간의 뒤틀림으로 이득을 얻은 거야. 그거 자체를 비난할 생각은 없어. 나나 그레인 역시 그걸로 인해 예전보다 빠르게 성장하고 있으니까."

크루겐은 그레인 쪽을 한 번 쳐다보고선 말을 계속 이어나갔다.

"그러나 이렇게 너희들이 돈을 모으면 모을수록, 너희들을 옛 동료라 판단하고 찾아오는 다른 결사대원들이 하나둘 늘어날지도 몰라. 마치 불빛에 모여드는 나방처럼."

다른 결사대원이라는 말에 고르다의 얼굴이 사색으로 변했다.

"그러니 다른 결사대원들과 연관되기 싫다면, 더 이상 시간의 뒤틀림으로 뭔가 얻으려고 하지 말아줘. 너희들을 알아본 결사대원들 모두가 우리들처럼 곱게 물러날 거란 기대는 하지 않는 게 좋아. 진정으로 예전 삶과 결별하고 싶다면 너희들은 회귀 전 세상을 모르는 다른 인간들처럼, 진짜 평범하게 살아가야 해. 아니면 세상을 완전히 등지고 깊은 산골에서 살아가거나."

크루겐은 이런 말을 굳이 입 밖으로 꺼내고 싶지 않았다. 그들이 회귀 이후 죽어라 고생하면서 번 것을 포기하라는 의미나 다름없었기에.

하지만 부부는 여전히 납득할 수 없다는 표정이었다.

"더 자세히 설명해 줄까, 고르다, 케리나? 내가 너희를 알아볼 수 있었던 건, 단순히 짧은 시간에 거부가 되어서만은 아니야."

크루겐은 말하려다가 말았던 생각을 머릿속에 다시 떠올리며 호흡을 가다듬었다.

"아까도 말했지만, 너희들이 장사로 돈을 번 건 어디까지나 이전 생에서 얻은 지식 덕분이지, 실력이 아니야. 계속 뒤틀리는 시간 속에서 너희들은 계속 수익을 거두긴 힘들 거야. 아니, 오히려 벌어들인 것만큼 손해를 볼지도 모르지. 내 말이 틀려?"

핵심을 찌른 크루겐의 지적에 부부는 반박할 말조차 떠올리지 못했다. 실제로 그들이 운영하는 상회는 이전까지 계속되던 급격한 성장을 최근 몇 개월간 이어나가지 못했다.

역사는 계속해서 바뀌고 뒤틀린다. 예전 생의 결과를 미리 알고 있음으로써 얻은 이득은 한정된 시간 동안 얻을 수 있는 운에 불과하다.

"같은 결사대원이었기에 하는 충고라고 여겨줘. 그리고……"

크루겐은 얼굴을 가리고 있던 검은색 머플러에 손을 가져갔다.

"너희들이 다시 하이브리드가 되지 않은 게 다행이라 생각돼."

풀린 머플러가 크루겐의 손 아래로 길게 이어졌다.

"이런 몰골이 되진 않았으니까."

순간 부부는 깜짝 놀라 고개를 옆으로 돌렸다.

하지만 천천히 고개를 정면으로 되돌리며 그의 얼굴을 응시했다.

"크, 크루겐… 그 얼굴은 도대체……."

"예전 생보다 더 강한 힘을 얻은 대가야."

크루겐은 쓸쓸하게 웃으면서 머플러를 다시 얼굴에 두르기 시작했다.

"그러니 제발, 우리들이 발을 디딘 곳으로 오지 마."

말을 마친 크루겐은 어깨에 걸친 케이오르의 시체를 고쳐 잡더니 문손잡이를 잡았다.

"크루겐! 우리들을 왜 구해주었어?"

"왜?"

크루겐은 예전과 달라진 고르다가 어떤 반응을 보일지 여러 방향으로 예측했었다.

그러나 이것만큼은 그가 물어보지 않기를 바랐다.

"왜냐고?"

크루겐은 대답 대신 반문을 반복하며 고르다가 알아서 깨달아주기를 바랐다. 하지만 고르다는 크루겐의 대답만을 기다릴 뿐이었다.

그렇게 침묵이 이어지는 사이 케이오르의 시체에서 흘러내린 피가 그의 어깨를 축축이 적셨다.

"…친구였잖아."

당연한 사실을 말해야 하는 지금이 크루겐에게는 너무나 서글프기만 했다.

*   *   *

저택을 떠난 그레인과 크루겐은 어둠 속을 말없이 걸어갔다.

옛 동료를 만나 회포를 풀기는커녕, 서로 다른 선택을 한 이들의 괴로움을 봐야 했다. 그것으로도 모자라 최악의 선택을 한 또 다른 동료를 직접 자신의 손으로 죽여야 했다.

그들은 수풀 깊숙한 곳까지 들어간 후, 혹시라도 뒤따라오는 이가 없는지 확인을 마쳤다.

크루겐이 케이오르의 시체를 땅바닥에 내려놓자, 그레인은 그 위에 기름을 부은 뒤 들고 있던 횃불로 불을 붙였다.

화르륵.

불길에 휩싸인 케이오르의 시체가 서서히 타들어 갔다.

살점이 타들어 가는 고약한 냄새에도 두 소년의 얼굴에는 아무런 변화가 없었다. 그들은 크나큰 분쟁의 씨앗이 될 뻔했던 원흉이 잿더미가 되어가는 과정을 묵묵히 바라만 봤다.

그 둘을 제외한 유일한 목격자인 고르다와 케리나 부부와 페르딕만 입을 닫는다면, 케이오르의 존재와 죽음은 영원히 비밀에 부쳐질 것이다.

"어찌 보면……."

둘 사이의 침묵을 먼저 깬 쪽은 크루겐이었다.

"나는 참 운이 좋았던 것 같아. 회귀 이후 맨 처음 만난 옛 동료가 바로 너였으니까. 강하고 말고를 떠나서, 나와 같은 목표를 지녔잖아?"

만약 서로 지향하는 바가 달랐다면, 각자의 안전을 위해 죽여서 입막음해야 하는 사태까지 벌어질 수 있었다. 그리고 실제로 케이오르는 두 소년과 어디에 있을지 모르는 다른 결사대원들을 위해 죽어야 했다.

"그리고 이런 말하기 좀 그렇지만, 케이오르에게 알아낼 건 알아냈어야 하지 싶어."

"뭐를?"

"벤트 섬을 탈주한 이들 중 하나였잖아. 다른 탈주자들이 누구인지, 어디에 숨어 있는지 캐물어야 했었는데 말이야."

"하지만 무언가 알아내려면 그 녀석과 거래를 해야 했을 거다. 그리고 분명히 자신을 살려달라는 제안을 꺼냈을 테고… 그걸 받아들일 수는 없었어."

"하긴 그래. 그래서 내가 널 말리지 않은 거야. 모두 살기 위해서라지만, 그렇게까지 하긴 싫었거든."

서로 각자의 판단에 납득했지만, 무거운 기분은 조금도 가벼워지지 않았다.

예전에는 자신이 소유했던, 그러나 지금은 사라져 버린 불길을 바라보면서 그레인은 가슴에 오른손을 가져갔다.

"어? 너 떨고 있는 거야?"

크루겐은 그레인의 왼손을 가리키며 의아해하는 표정을 지었다.

"케이오르 때문에 그런 거야? 그 녀석은 죽어 마땅한 놈이었어. 옛 동료라고 해도 넘지 말아야 할 선을 한참 넘었다고."

"그렇긴 했지."

"이런 말 하긴 뭐 하지만, 우리들이 예전 생에 인간을 안 죽여본 것도 아니잖아? 너답지 않은데?"

"그것 때문이 아니야. 사실은……."

그레인은 오른손으로 왼손을 강하게 움켜쥐었다.

"동료를 죽여본 적은 처음이거든."

그럼에도 왼손의 떨림은 쉽사리 가라앉지 않았다.

기껏 넉살 좋게 이야기를 이어가던 크루겐의 표정이 다시 굳어졌다.

"확실히 그랬지. 배신자의 처단은 대장이 거의 전담했던 기억이 나."

"그레인, 최전선에 서야 할 너의 검은 같은 동료의 피로 더럽혀 지면 안 된다."

항상 가장 위험한 임무를 부여받았음에도 주저하지 않고 돌격했던 예전의 그레인.

그런 그에게 결사대의 대장 맥스는 배신자를 처단하는 임무만은 단 한 번도 내리지 않았다.

그 어떤 때라도 결사대원들의 든든한 동료로 남아 있길 바랐던 맥스 나름대로의 배려였다.

"크루겐."

"응?"

"내가 두렵지 않나?"

예전 생에는 단 한 번도 하지 않았던 행동인지라 그레인은 평정을 유지하기 힘들었다.

"네가 안 했다면 내가 했어야 하는 일이었어. 마음에 담아 두지 말라는 말은 하지 않겠지만, 그래도 거기에 너무 휘둘리지는 마. 그리고 넌 14호에게 기회를 추가로 한 번 더 줬잖아? 옛 동료에 대한 예우로 충분했어."

그레인이 '두 번째'라는 단어를 언급했음에도 상대가 변화가 없을 경우, 그는 자비를 베풀지 않았다. 그의 입에서 '세 번째'라는 단어가 나온 경우는 크루겐의 기억 속에 없었다.

"아무튼 너무나 많은 게 바뀌었어. 완전 뒤죽박죽이야. 이러다가 교단이 선해지기라도 하면 어떻게 하지?"

변화하는 시간의 흐름 속에서, 거대한 적으로 존재했던 교단이 이번 생에도 똑같이 사악한 적으로 있기를 바라는 크루겐의 말에 뭔가 서글픔이 담겨 있었다.

"피곤하군."

"눈 좀 붙여. 그리고 나도 피곤하긴 해."

두 소년은 나무에 등을 기댄 채로, 서로 마주 보고 앉아 눈을 감았다.

*   *   *

옛 동료에게 고통받았고, 옛 친구에게 구원받은 고르다는 멍하니 돈주머니를 바라봤다.

과거를 떨쳐내기 위해 매달렸던 금화가 돈주머니 아래로 하나씩 툭툭 떨어졌다. 케리나와 페르딕이 사람들을 불러오기 위해 자리를 뜬 지금, 그는 혼자서 공허하게 시간을 보내고 있었다.

결국 돈은 그에게 마음의 평안을 가져다주지 못했다.

오히려 옛 동료였던 자가 자신을 괴롭히는 구실이 되었고,

옛 친구와 서글프게 헤어지게 만드는 계기로 변해 버렸다.

"나는 고작 이런 걸 벌기 위해서 그렇게 고생했던 걸까……"

고르다는 양손을 펼쳐 얼굴 가까이 가져갔다.

회귀하자마자 고생에 고생을 거듭한 그의 양손에는 딱딱하게 굳은살이 박여 있었다.

"크루겐……"

창문 너머를 응시하자, 어둠 속에서 무언가 타는 연기가 길게 위로 이어졌다.

"나는… 나는… 정말로……"

비록 머플러에 가려 보이지 않았지만, 크루겐이 마지막으로 말을 남길 때의 표정이 연상되었다. 그리고 크루겐의 진짜 얼굴을 보고 놀란 자기 자신에 대한 죄책감이 마음속에 깊게 자리 잡았다.

그는 뒤늦게 옛 친구에게 했어야 하는 말을 떠올리며 울먹거렸다.

"미안해……"

제3장

이번에는 구할 수 있는 이들

카르디어스 신성력 1397년 4월 28일.

"여러분의 여행길에 신의 가호가 있기를."

왼손에 창을 든 경비병이 두 소년을 바라보며 오른손으로 성호를 그었다.

연신 고개를 숙이며 지나가는 크루겐과 달리 그레인은 정면만을 바라보며 걸음을 옮겼다.

"휴우, 이거 원 부담되어서……."

크루겐은 법의를 보고 자신을 평범한 성직자로 오해하는

사람들의 시선에 당혹감을 감추지 못했다. 하지만 프란디스 교구로 가는 길의 검문을 통과하기 위해서는 법의를 입을 수밖에 없었다.

"하아."

크루겐은 길게 한숨을 내쉬며 그레인의 왼편에서 걸어갔다.

옛 동료를 구하고, 그리고 옛 동료를 죽이고.

그들은 아직도 얼마 전 있었던 일에서 벗어나지 못했다.

고르다와 케리나 부부의 저택을 떠난 이후 오늘까지 둘은 필요 이상의 말은 하지 않고 침묵을 지켰다. 그렇게 4일이 지나 그들이 도착한 곳은 항구도시 유스타르. 이곳의 배를 타고 하루만 보내면 바로 프란디스 교구에 도착하게 된다.

육로로 더 빨리 갈 수 있음에도 굳이 해로를 택한 이유는 간단했다. 어떻게 해서든 현재의 무거운 분위기를 해소하기 위해 사람들이 많이 오가는 항구에 들른 것이다.

"응? 무슨 일이지?"

성문을 지나 도시 안으로 들어온 그들을 맞이한 것은 시끌 벅적한 분위기였다. 도시 중앙까지 이어지는 넓은 도로 양옆으로 노점들이 꽉 들어찼고, 도로를 가득 메운 시민들은 모두 함박웃음을 지으며 즐거움을 만끽하는 중이었다.

"축제라도 하나?"

"그런 것 같군."

"마침 잘됐네. 어차피 기분 풀려고 온 건데 딱이잖아. 오늘은 좀 즐겨보자."

"나는 그럴 기분 아니야."

"난 그럴 기분이 되어야겠어."

망설이는 그레인을 뒤로하고 크루겐은 후다닥 앞서 달려가 버렸다. 그레인이 뒤늦게 인파를 헤치고 크루겐을 따라잡았을 때 그의 오른손에는 맥주잔이 쥐어져 있었다.

"크루겐, 법의를 입고 그러는 건 아무래도 좀……."

"뭐 어때서? 교리에서 음주를 금하는 것도 아니잖아. 무엇보다 우리가 교단 이미지를 신경 써줘야 할 입장이었어?"

"그것도 그렇군."

"게다가 이거 공짜야! 이 성의 영주가 무상으로 배부한 거니 맘껏 마셔줘야 예의가 아니겠어?"

그레인은 어쩔 수 없다는 듯 가볍게 웃었고, 크루겐은 살짝 윙크하더니 맥주잔을 단숨에 들이켰다.

"크아~ 죽이는군."

크루겐이 감탄사를 내뱉으며 입술 주변에 묻은 거품을 손등으로 훔쳐냈다. 바짝 말린 생선을 한입 베어 물고선 안주로 최적이라 칭찬하며 두 번째 잔을 연달아 들이켰다.

처음 법의 차림의 크루겐이 불쑥 나타났을 때는 주변 시민들이 긴장했지만, 크루겐이 너스레를 떨며 몇 마디 하자 이내 웃음을 터뜨리며 원래의 화기애애한 분위기로 돌아갔다. 그레인은 빠르게 축제에 녹아들어 간 크루겐을 흐뭇하게 바라봤다.

'녀석, 넉살도 좋군. 아니, 저러지 않으면 버티지 못해서일지도 모르겠어.'

그레인에게 고르다는 옛 동료 중 한 명이지만, 크루겐에는 동료 이상의 의미를 지닌 친구였기에 지난 일이 심적으로 더 괴로울 게 뻔했다.

그렇다고 계속 무거운 분위기로 지내봤자 바뀌는 건 아무것도 없다. 차라리 지금처럼 뭔가에 빠져 잊어버리는 편이 훨씬 나을지도 모른다.

"여러분, 맥주야말로 신이 인간에게 내린 선물입니다. 그리고 이 닭 요리, 이것은 신의 축복입니다. 이 둘을 함께 즐기는 것이야말로 신의 뜻을 따르는 길이오니……."

엄숙한 이미지의 법의를 걸친 소년이 한 손에는 맥주잔, 다른 손에는 닭다리를 들고 마치 설교하듯 말하자 사방에서 웃음이 터져 나왔다. 근처를 지나가던 시민이 하나둘 멈춰 서면서 크루겐 주위에 모이기 시작했고, 분위기는 더욱 달아올랐다.

'응? 저 사람은…….'

크루겐을 둘러싼 인파를 헤치고 들어온, 기품 있어 보이는 중년 남성에 그레인의 시선이 고정되었다.

'왠지 모르지만, 낯이 익어. 어디서 봤더라?'

그레인은 오른손으로 턱을 어루만지며 정체불명의 중년 남성을 유심히 살펴봤다. 그사이 크루겐은 금세 그 중년 남성과 친해지며 이야기를 주고받았다.

"아주 호쾌하신 분이군요. 그런데 이렇게 밖에서 술을 드시면 곤란하지 않습니까?"

"신이 내린 선물을 법의 줄 걸쳤다고 어찌 마다할 수 있겠나요? 이런 신의 선물을 무상으로 마시게 해주다니, 여기 영주님은 꽤 통이 크신 분 같군요."

"하하하, 절 칭찬해 주셔서 감사합니다."

"잉?"

순간 크루겐은 들고 있던 맥주잔을 떨어뜨릴 뻔했다. 정작 같이 긴장해야 할 주위의 시민들은 별 반응을 보이지 않았다.

"저, 정말로 영주님이신가요?"

"제가 좀 이런 식으로 불쑥 나타나는 걸 좋아해서 말입니다. 자, 보십시오. 다들 익숙하다는 눈치 아닙니까? 하하하……."

자신을 영주라 밝힌 남자 주위의 시민들은 그저 웃을 뿐이었다. 그를 경호하기 위해 따라온 경비병들 역시 마찬가지였다.

"부담 가지지 마십시오. 축제이니 마음껏 즐기시면 그걸로 충분합니다. 아, 혹시 실례가 안 된다면 나이를 물어봐도 되겠습니까?"

"저는 19살이고, 이 녀석은 17살이지요."

"역시! 제 아들과 동년배였군요. 제 아들 역시 여러분들처럼 교단에 몸을 담고 있답니다. 그런데 처음 뵈는 분 같은데… 순례 중이신지요?"

"그건 아닙니다만, 이 자리에서 밝히기엔 곤란하군요. 원래 또 교단이라면 비밀스러운 구석 하나 정도는 있어야 하지 않겠습니까?"

크루겐은 분위기를 해치지 않는 선에서 얼버무리며 그레인 쪽을 흘깃 쳐다봤다. 그레인은 여전히 영주가 누구인지 기억을 더듬는 중이었다.

"아, 제 소개가 늦었군요. 제 이름은 죠르제라고 합니다. 이렇게 된 것도 인연인데 제 성에 머무르고 가시지 않겠습니까? 아들 또래의 여러분께 교단 내 생활에 대해 물어볼 겸 해서 말입니다."

"저희야 마다할 이유는 없죠. 그런데 성내 다른 사제분들은요?"

"그게… 세속적인 행사에는 참가할 수 없다며 침묵 기도 중이랍니다."

"쯧, 교단이 분위기 깨는 데는 또 일가견이 있다니까요."

"교단에 계신 분이 하실 말씀은 아니지 않습니까?"

"아, 또 그렇긴 하네요?"

방금 전만 하더라도 긴장했던 크루겐은 언제 그랬냐는 듯

넉살 좋게 죠르제와 대화를 이어갔다.

"언제든지 저의 성에 찾아오셔도 좋습니다. 그러면 전 이만……."

죠르제가 인파 속으로 사라지자, 그레인은 그가 간 방향을 말없이 응시했다.

"왜 그래?"

크루겐은 죠르제와 같이 온 경비병에게서 건네받은 통행증을 그레인의 눈앞에 대고 흔들었다.

"이왕 이렇게 된 거 허름한 여관 대신 오래간만에 사치 좀 누려보자. 분명히 호화롭고 넓은 방을 내주겠지?"

"크루겐, 페트로를 기억해?"

"페트로라면… 어, 잠깐만."

크루겐은 오른손 끝으로 이마를 꾹꾹 누르며 생각에 잠겼다. 그리고 얼마 지나지 않아 죠르제에게서 느낀, 기품이 넘치는 인상에서 옛 동료의 얼굴을 떠올렸다.

"이제야 기억났네. 죠르제라면 페트로의 아버지잖아. 그런데 네가 먼저 알아채다니, 이거 면목 없는걸."

"잊으려야 잊을 수가 없지……."

페트로.

86번째 결사대원인 그는 그레인과 동년배로, 그보다 먼저 간 이들을 제외한 결사대원들의 가슴속에 깊게 자리 잡을 수밖에 없는 은인이었다.

회귀하기 5년 전, 결사대는 교단 소속 성당 기사단의 계략에 빠져 전멸할 위기에 처했다. 바로 그때 페트로가 성당 기사단의 포위망을 뚫기 위해 적진 한가운데로 돌격했고, 결국에는 모두가 후퇴할 때까지 시간을 벌어준 뒤에 전사했다.

"사람 좋은 건 아들이나 아버지나 똑같네."

그는 백작가 출신임에도 결사대원은 물론 다른 사람을 대하는 데 차별이 없었다. 비슷하게 고귀한 집안 출신이었던 '스코트'가 이따금 보여주던 오만한 시선조차도, 페트로는 단 한 번도 보여준 적이 없었다.

"끝이 안 좋았다는 것까지 닮아서 문제지만."

"아버지가 독살당했다고 했지."

"어, 그거까지 기억해? 그레인답지 않은데?"

"곧잘 자기 아버지에 대해 말했으니까."

"아아, 그랬지. 그 녀석, 아버지에 대한 그리움이 유독 강했지. 당시엔 좀 지겹기도 했지만, 지금은 그 지겨움마저 그리워."

하이브리드가 되기 전부터 교단 소속이었던 페트로는 20살도 되기 전에 아버지의 부고를 들어야 했다.

그 뒤 일어난 가문 내의 분쟁에 지친 페트로는 가문을 이어받는 걸 포기하고 교단으로 복귀했다. 몇 년 뒤 죠르제의 독살에 가담했던 약제사가 모든 걸 밝히면서, 사실은 그의 삼

촌인 슈렐의 음모였음이 밝혀졌다. 그러나 이미 죽은 죠르제가 살아 돌아올 수는 없었다.

"어, 잠깐, 올해가 1397년이니까……."

크루겐이 양손을 펼쳐 들더니 손가락을 굽히며 뭔가 세기 시작했다.

"독살당하기 대충 1년 전이네?"

*　　　　*　　　　*

정오가 되기 전, 통행증을 제시하고 영주의 성안으로 들어온 두 소년은 죠르제의 환대를 받았다.

마침 점심 식사 전이라 죠르제는 그들을 만찬에 초대했다. 정성 들여 만든 음식들이 기다란 식탁 위에 줄지어 놓여 있었고, 혹시라도 율법에 어긋날 것 같은 식재료는 제외하는 배려까지 갖춘 요리였다.

식사 내내 죠르제는 그레인과 크루겐 또래의, 아들뻘인 어린 성직자들이 어떤 생활을 하는지에 대해 물어봤다. 주로 크루겐이 대답했고, 그레인은 묵묵히 식사하면서 이따금 죠르제를 쳐다볼 뿐이었다.

식사 후 영주가 제공해 준 방으로 들어간 그레인은 잠시 볼일이 있다며 자리를 뜬 크루겐을 기다리며 멍하니 의자에 앉아 있었다. 맞은편 벽에는 죠르제의 아들, 페트로의 어릴 적 모습을 그린 초상화가 걸려 있었다.

"페트로······."

그레인은 결사대 모두의 은인이었던 자의 이름을 나지막하게 읊었다.

"모두들, 꼭 살아야 해."

페트로가 마지막으로 남겼던 말.

같이 남겠다는 다른 동료들을 만류하면서 뒤돌아섰던 그의 모습이 뇌리에서 떠나지 않았다.

페트로의 희생 덕분에 그를 제외한 나머지 결사대원들은 살아남았다. 그러나 자신들을 옭아맸던 교단의 섬멸에는 도달하지 못했다.

그렇게 그레인이 상념에 잠겨 있는 사이, 문이 열리면서 크루겐이 조용히 방 안으로 들어왔다.

"용무는 마쳤나?"

"그럭저럭. 대충 여기 사정 좀 하녀들에게 물어보고 왔어. 이전 생의 지금과 이번 생의 지금이 얼마나 다른지 알아볼 겸."

의자의 등받이를 앞쪽으로 돌려 앉은 크루겐은 원형 탁자 위에 놓여 있는 과일 바구니에 손을 뻗었다.

"아무래도 이곳 사정만은 예전과 똑같이 진행되는 것 같아."

"그렇다는 이야기는……."

"동생인 슈렐에게 독살당하겠지. 이대로 놔둔다면."

만약 페트로가 기억을 지닌 채로 회귀했다면 그가 알아서 해결했을지도 모르는 일.

그러나 페트로는 마지막 30인에 포함되지 못했다.

"그냥 넘어갈 수는… 없겠지?"

"페트로는 예전 생에 목숨을 걸고 우리를 위해 싸웠어. 그런 그가 예전 생처럼 불행해지는 건 원치 않아."

"그렇지?"

"하지만 무작정 '당신은 독살당할 위기에 처했습니다'라고 말할 수는 없어서 문제군."

"그거야 당연한 거고, 우선 독살하려고 했다는 증거부터 찾은 뒤 어떻게 할지 생각해 보자."

크루겐은 창문 쪽을 바라보며 자리에서 일어났다. 어느덧 해는 중천이 아닌 지평선 너머로 반쯤 사라져 있었다.

"이제 움직여야 할 시간이야."

크루겐은 얼굴에 머플러를 두르며 말했다.

*　　　　*　　　　*

크루겐과 함께 그레인이 어둠 속으로 이동해 도착한 곳은 지하 와인 저장고였다.

넓은 공간에 꽉꽉 들어차 있는 와인 중 따로 분리된 공간에 놓여 있는, 한눈에도 고급스러워 보이는 와인병이 둘의 눈에 띄었다. 크루겐은 그중 하나를 집어 들고 단검으로 능숙하게 마개를 뽑았다.

.어두컴컴한 분위기와 어울리지 않게 경쾌한 소리가 와인 저장고 안에서 울려 퍼졌다.

크루겐은 손가락 사이사이에 끼고 있던 작은 시험관들에 와인을 한 방울씩 톡 떨어뜨렸다. 그리고 이번에는 그 와인을 한 모금 입안에 머금고선 삼키지 않고 맛과 향기를 느끼는 데 집중했다.

퉤!

잠시 후, 크루겐은 머금었던 와인을 바닥에 뱉었다.

"맛은 확실히 끝내주네. 백작이 이거 하나만 고집해서 마실 만해. 그리고 독도 확실히 들어 있어."

크루겐은 시험관들을 가볍게 좌우로 흔들었다. 각자 다른 시험관들 안에 원래 들어 있던 정체불명의 액체 중 두 번째 것이 와인에 반응해 검게 변색되었다.

"그것도 즉시 효과가 발동되는 게 아니라 지속적으로 꾸준히 복용해야 죽음에 도달하게 만드는 종류야. 예전에 알고 있던 사실 그대로네."

"역시……."

앞서 회귀한 이들에 의해 많은 것이 바뀌었음에도, 정작 변해야 하는 것은 그대로라는 사실이 그레인은 안타까울 따름이었다.

"그런데 네가 독에 대해 이렇게까지 잘 알 줄은 몰랐는데."

"벤트 섬에서 개인 교습을 받았어. 아무래도 내 힘이 지닌 특성상, 암살자로 키울 심산이었던 것 같아."

"그렇다면 프란디스 교구가 아니라, 좀 더 은밀한 곳으로 배속되어야 하지 않았나?"

"같이 배속되어야 한다고 네가 요구했잖아."

"아, 그랬군."

"이제야 밝히는 거지만, 그런 부분에서 너에게 고마워하고 있었어."

머플러에 가려진 크루겐의 입가가 살짝 올라가면서 미소를 띠었다.

"그나저나 어떻게 하지? 이대로 와인병을 들고 독이 들어 있다고 말해봤자……."

"아무리 사람 좋은 죠르제 백작이라고 해도 우선 우리부터 의심할 거다."

"투고는 어떨까?"

"그랬다간 백작의 동생에게 변명할 시간을 줄지도 몰라. 가능한 한 빨리, 우리가 여기에 머무는 동안 확실하게 음모를 막을 방법을 찾아야 해."

범인이 누구인지 알고, 어떤 방법으로 죠르제를 죽이려는지까지 아는 상황.

그러나 촉박한 시간 탓에 차근차근 음모를 막기엔 불가능한 터라 둘의 속은 타들어만 갔다.

"차라리 귀가 얇은 사람이었다면 오히려 이야기가 쉽게 풀렸을 텐데… 하녀들 이야기를 들어보니 또 그런 타입은 아니고. 젠장, 이래저래 골치 아프네."

크루겐은 좌우로 왔다 갔다 반복하면서 뭔가 좋은 방법이 떠오르기를 기다렸다.

그렇게 10분 동안 고민하던 그가 돌연 멈춰 서더니 손가락을 튕겨 소리를 냈다.

"아, 그래! 이런 수가 있었지!"

이제까지의 고민은 싹 날려 버린 듯 크루겐의 목소리는 예전처럼 경쾌해졌다.

"그레인, 미래를 알고 있음으로써 이득을 얻을 수 있는 직업이 상인 말고 또 뭐가 있을까?"

"뜬금없이 그건 무슨 소리지?"

"아무튼 대답해 봐. 뭘까?"

돌연 화제를 바꾼 크루겐의 태도를 납득하기 힘들었지만, 그레인은 그의 말대로 골몰히 생각에 잠겼다.

그리고 대답은 의외로 빨리 나왔다.

"…점쟁이?"

"바로 그거야!"

*　　　　*　　　　*

그날 자정.

평소처럼 와인 한 잔과 함께 하루를 마무리하려던 죠르제를 두 소년이 급작스럽게 방문했다.

"아까도 말씀드렸지만, 밤늦게 찾아와서 죄송합니다."

거듭 사과를 한 그레인은 옆에 앉은 크루겐 쪽을 살짝 쳐다봤다. 크루겐은 마른침을 꿀꺽 삼키더니 뭔가 결심한 표정으로 고개를 들어 올렸다.

"대뜸 이런 말을 한다면 황당하실지 모르겠지만……."

살짝 긴장이 섞인 크루겐의 말에 듣고 있던 죠르제 쪽도 같이 긴장했다.

"저는 사실 교단 내에서 특수한 위치에 있습니다. 신이 내려주신 작은 힘 중 하나를 발휘할 수 있죠."

"어떤 힘입니까?"

"정해진 운명에 의해 흘러가는 과거와 미래를 볼 수 있습니다."

"호오."

죠르제의 입에서 감탄사가 흘러나왔지만, 동시에 그의 두 눈에 의심의 눈초리가 자리 잡았다.

"처음 보는 저희들을 이렇게나 대접해 주신 것에 대한 보답이니 부담 가지지 마십시오. 만약 불편하시다면 도로 가겠습니다."

"아닙니다. 이왕 오신 김에 크루겐 님의 힘이 무엇인지 알아보는 것도 재미있겠군요."

"이해해 주셔서 감사합니다. 그런 의미에서 잠시……."

크루겐이 고개를 끄덕이자 그레인은 벽에 걸려 있던 등불 네 개를 하나씩 껐다.

커튼을 친 어두컴컴한 방 한가운데 촛불 하나만이 한자리에 모인 세 명의 시야를 밝혀주었다.

크루겐은 천천히 얼굴에 머플러를 둘렀고, 품에서 꺼낸 수정구를 탁자에 올려놓았다.

"운명이란 항상 정해진 대로 흐르지는 않는 법. 고로 제 말이 완전히 맞을 수 없다는 점, 미리 말씀드리도록 하죠."

"기억해 두겠습니다."

"참고로 주변이 서늘해질 수 있다는 점 역시 미리 말씀드리겠습니다."

크루겐이 말을 마치자 옆에 있던 그레인이 왼손을 탁자 아래로 내렸다. 그러자 왼손에서 뿜어져 나오는 냉기가 방 전체로 서서히 퍼져 나갔다.

"허… 정말로 추워지는군요."

죠르제는 양손을 비비면서 입김을 후 불었다.

크루겐은 수정구를 감싸듯 양손을 모으더니 입을 뻥긋거리며 뭔가 말하기 시작했다. 그렇게 시간이 흘러가는 가운데, 수정구에 서릿발이 솟아나는 순간 크루겐이 눈을 떴다.

"오오… 보입니다."

크루겐은 수정구를 감싼 손을 천천히 빙빙 돌렸다.

"지금으로부터 20여 년 전, 낙마하신 적이 있으시군요."

"네?"

"주변에 숲이 보이는군요. 나무에 꽂힌 화살도 보입니다. 그 이후 사냥은 즐기시지 않는 걸로 보입니다만."

"부, 분명히 그때쯤 낙마해서 고생했던 기억이 있습니다. 그리고 그때는 사냥 중이었죠. 그걸 어떻게?"

"보이기 때문이죠. 그리고……."

단번에 죠르제의 시선을 사로잡은 크루겐은 말을 이어나갔다.

주로 죠르제에 대한 과거의 이야기를 늘어놓았고, 크루겐이 뭔가 말할 때마다 죠르제는 연신 고개를 끄덕이며 감탄했다.

어릴 적 사망한 아버지에 대한 추억에 휩싸일 때마다 페트로가 결사대원들에게 들려줬던 아버지에 대한 이야기. 크루겐은 이전 생에 들었던 내용을 총동원해 하나둘 죠르제의 과거를 맞춰 나갔다.

"맞습니다! 그때 하마터면 결투를 벌일 뻔했습니다. 지금도 레이널드 백작과는 그리 사이가 좋지 않습니다."

죠르제는 크루겐의 말에 맞장구를 치면서 자신도 모르는 사이 그에게 빠져들었다.

크루겐의 말 중 10에 9는 들어맞았고, 틀린 말을 할 때는 '정해진 운명을 벗어나셨군요, 신의 가호 덕분입니다'라는 평계로 넘어갔다.

점쟁이를 찾는 이들의 공통점.

그것은 어디까지나 행복한 미래만이 있기를 바라는 마음이다.

그렇기에 크루겐은 일부러 안 좋았던 과거만을 주로 골라 말했고, 그게 틀리더라도 있었을지도 모르는 불운에서 벗어났다는 사실에 죠르제는 안도했다.

"휴우, 좀 지치는군요."

크루겐은 길게 한숨을 내쉬며 등받이에 몸을 살짝 기댔다. 시간은 자정을 넘어섰고, 밤은 깊어만 갔지만 죠르제는 전혀 잠이 오지 않았다.

"지금까지는 지나간 운명에 대해 이야기했고, 이제부터는 앞서 맞닥뜨릴 운명에 대해 읊어보겠습니다."

미래라는 단어가 언급되자 그레인은 방 전체로 퍼뜨렸던 냉기를 한 방향으로만 집중해서 퍼뜨렸다.

반면 아무것도 모르는 죠르제는 기대감에 두근거리는 가슴 위로 오른손을 가져갔다.

쨍그랑!

순간 탁자 옆 책상에 놓여 있던 와인병의 표면에 서릿발이 우수수 솟아나더니 산산조각 나버렸다.

"저것은?"

크루겐은 소리가 난 쪽으로 고개를 돌렸고, 그레인이 말없이 일어서더니 와인이 묻어 있는 병 조각을 들고 왔다.

"사악한 기운이 감돌고 있습니다. 그런데 백작님뿐만 아니라 다른 이의 손길도 느껴지는군요. 이 와인, 친지의 소개로 구입하신 것 아닙니까? 아마도 형제 쪽의……."

"네, 맞습니다! 제 동생이 직접 가지고 오는 와인입니다."

"저야 여기에서 풍기는 사악함을 느낄 수 있지만, 이 와인에 맴돌고 있는 기운을 제대로 설명하려면 약제사가 필요할 겁니다. 단, 백작님 가문 전속으로 고용된 약제사가 아니면서도 믿을 수 있는 사람으로 부탁드립니다. 그리고……."

크루겐은 잠시 호흡을 고르면서 회심의 미소를 지었다. 물론 머플러에 가려져 있기에 보이지 않았지만.

"가능하다면 그 동생분과의 만찬을, 가급적 빨리 준비해 주실 수 있습니까?"

"네? 만찬 말입니까?"

"네. 만찬이어야 합니다."

＊　　　　＊　　　　＊

다음 날.

점심 무렵 죠르제의 동생 슈렐이 성에 도착해 만찬에 참여 중이었다.

말이 만찬이지, 참여한 인원은 죠르제와 슈렐, 그리고 아직 20살도 안 된 성직자 두 명이 고작이었다.

어제처럼 고급 요리들이 기다란 식탁 위에 가득 놓여 있었고, 죠르제와 크루겐이 주로 이야기를 나누었다. 형 죠르제와 달리 동생인 슈렐 쪽은 무뚝뚝한 표정으로 대화 없이 식사에만 열중했다.

특이하게도 슈렐은 자신의 경호원들을 거실 밖이 아닌, 바로 자신의 뒤에 서 있도록 지시했다.

"네가 준 와인은 언제 마셔도 맛나구나."

죠르제는 매달 초쯤 되면 슈렐이 직접 가져다주는 와인을 한 잔 마시면서 흐뭇한 표정을 지었다. 그러나 형의 칭찬에도 슈렐의 얼굴에는 기뻐하는 기색이 조금도 보이지 않았다.

"그런데 역시 혼자 마시니 좀 그렇군. 저기 어리신 성직자 분들께 권할 수는 없고… 어때, 한 잔 같이 들지 않겠냐?"

"형님, 저는 술을 즐기지 않는다는 것, 잘 아시지 않습니까?"

슈렐은 고개를 저으며 나이프로 잘라낸 닭 요리를 포크로 집었다.

바로 그때, 그의 왼쪽에 앉아 있던 크루겐이 슬그머니 와인 잔을 내밀었다.

"한 잔 정도는 괜찮지 않나요?"

"필요 없소."

"이 닭 요리와 잘 어울릴 것 같은데요?"

"아까도 말했지만 난 술을 즐기지 않소!"

죠르제와 이야기할 때와 달리 신경질적인 반응이 나오자 크루겐은 살며시 웃음 지었다.

"그렇다면 직접 마시는 것 말고 요리에 들어간 건 괜찮겠지요? 참고로 지금 드시는 요리, 특별히 백작님께서 즐기는 '그' 와인을 써서 만든 요리입니다. 향이 정말 끝내주는군요."

크루겐은 슈렐이 반쯤 먹어치운 접시 위의 닭 요리를 태연 스럽게 가리켰다.

그러자 슈렐의 안색이 확 변하더니 나이프와 포크를 쥔 두 손이 부들부들 떨기 시작했다.

"우, 우웩!"

급기야는 식탁 아래로 허리를 숙이고 먹었던 것을 죄다 토해냈다.

"이런, 이런, 굳이 그러실 필요까진 없지 않습니까?"

크루겐은 슈렐에게 슬며시 다가가더니 등을 두들겨 주었다.

"애초 그 와인에 든 독은 오랫동안, 그리고 지속적으로 써야 하는 것 아니었습니까? 이 정도 먹은 걸로는 제대로 효과를 보기 힘들걸요?"

"……!"

정곡을 찔린 슈렐은 번쩍 일어서더니 주변을 황급히 둘러봤다.

슈렐의 형 쬬르제가 실망스러운 눈초리로 그를 바라보고 있었다.

"슈렐, 너 정말로……."

"혀, 형님! 이건 오해입니다! 어, 어떻게 되었는가 하면……."

슈렐은 말을 더듬으며 분위기를 수습하려고 했지만, 그를 바라보는 세 명의 시선은 차갑기만 했다.

"에잇! 모두 뭣들 하느냐?"

슈렐의 외침에 그의 경호원들이 자세를 급히 낮췄다.

발목 부근에 몰래 숨기고 들어온 단검을 꺼내기 직전, 방바닥을 빠른 속도로 퍼져 나간 냉기가 슈렐과 수하들의 발을 꽁꽁 얼렸다.

"손가락 하나라도 까닥한다면, 이번에는 통째로 얼려주겠다."

그레인의 경고에 그들은 움직일 생각을 포기해 우스꽝스러운 자세에서 벗어날 수 없었다.

죠르제는 굳은 표정으로 슈렐 쪽을 향해 걸어갔다.

"혀, 형님! 그게 말입니다!"

"슈렐, 난 정말 실망이다."

"제 이야기를 들어보면 뭐가 잘못되었는지 아실……."

"이미 다르킨이 모든 걸 말했다. 이래도 진실을 숨길 셈이냐?"

죠르제는 가문 전속 약제사의 이름을 언급하며 문 쪽으로 걸음을 옮겼다.

활짝 열린 문 너머엔 경비병에 끌려온 두 명의 사내가 포박된 채 털썩 무릎을 꿇었다. 그중 한 명은 아까 언급했던 약제사였다.

"그래도 난 마지막까지 널 믿어보려고 노력했다. 하지만 그 믿음조차 무의미했던 것 같구나."

"형님! 이게 아닙니다! 뭔가 잘못된 겁니다! 그러니……."

"끌고 가라."

죠르제의 지시에 경비병들이 슈렐과 그의 경호원들을 빠르게 포박했다. 어깨를 축 늘어뜨린 채로 끌려가는 이들을 바라보며 두 소년은 피식 웃었다.

*   *   *

슈렐의 음모를 막은 그레인과 크루겐은 프란디스로 향하는 배를 기다리며 선착장에 서 있었다.

죠르제는 그런 두 소년을 배웅하기 위해 따라나왔다. 한 도시의 영주가 바뀔 뻔한 큰일이 있었음에도 축제는 예정대로 흘러갔다. 어차피 동생의 처리는 나중에 해도 되니 괜히 흥겨운 분위기에 찬물을 끼얹을 수 없다는 죠르제의 배려 덕분이었다.

"좀 더 머무르셔도 되는데……."

"오늘이 아니면 일정이 뒤틀릴 수 있습니다. 양해 바랍니다."

"그나저나 정말 아찔했습니다. 여러분들을 만나지 못했다면 저는 동생의 의도대로 서서히 죽어갔겠죠. 이것 역시 신의 가호일까요?"

신이라는 단어에 두 소년은 씁쓸하게 웃을 뿐이었다.

"사실은……."

뭔가 말하려던 그레인의 시야에 항구를 향해 다가오는 한 척의 배가 들어왔다.

어차피 죠르제를 구한 걸로 끝나면 충분했던 일, 그레인은 속사정에 대해 굳이 말할 필요가 없다고 판단하고 배에 올라 탔다.

하지만 제자리에 선 채 생각에 잠겨 있던 그레인이 크루겐과 뭔가 귓속말을 나눴다. 그 뒤 출항 준비 중이던 선원에게 뭔가 말한 후 죠르제 쪽으로 도로 돌아왔다.

"역시 진실을 말하지 않고 가버릴 수 없겠네요."

"음? 또 미래를 알려주시려는 겁니까?"

죠르제는 기대에 찬 눈빛으로 크루겐을 바라봤다.

"사실 저희들은 아드님과 아는 사이였습니다."

하지만 이번에 입을 연 쪽은 거의 침묵을 지키던 그레인이었다.

"네?"

"덧붙인다면 동생분의 음모에 대해 조사해서 이미 알고 있기도 했습니다. 다만 일정상 일을 빨리 처리해야 했기에 하루라도 속히 백작님의 신뢰를 얻는 방법을 궁리한 결과, 이런 방법을 택한 점, 양해 부탁드립니다."

"그, 그러면 과거와 미래를 본다는 말은……."

당황하는 죠르제를 향해 크루겐이 한 걸음 앞으로 나섰다.

"아, 그거요? 죄다 아드님께 들은 이야기예요. 조금만 생각해 보면 제가 말했던 것 모두가 그렇지 않나요?"

"그러고 보니… 이런……"

슈렐뿐만 아니라 두 소년에게도 속았음을 깨달은 죠르제가 이마에 손을 턱 하니 얹었다.

사실 여유가 있었다면 차근차근 시간을 들여가며 슈렐의 음모를 막았을 것이다.

그러나 그들에게는 선택지가 그리 많지 않았고, 궁리 끝에 점쟁이 흉내라는 우스꽝스러운 방법을 선택해야만 했다.

하지만 반대로, 점쟁이 노릇을 했기에 죠르제의 이성적 판단을 억제하면서 빨리 일을 진행할 수 있었다.

"그러니 말 편하게 하셔도 됩니다. 아니, 그러시는 쪽이 저희에겐 더 편합니다."

"그랬군요. 아니, 그랬었군."

죠르제는 고개를 동쪽으로 돌렸다. 아들이 배속된 머나먼 곳을 응시하던 그의 눈가가 살짝 촉촉해졌다.

"단지 아들의 지인이라는 이유만으로 나를 구해주다니… 정말로 고마울 따름이네."

"별것 아닙니다. 저희들은 아드님께……"

그레인 역시 죠르제와 같은 방향으로 시선을 돌리며 말끝을 흐렸다.

명백히 따지면 이전 생의, 시간의 흐름으로 치면 미래에 일어났던 일.

하지만 그로 인해 결사대는 구원받았다. 그리고 실패했음에도 다시 한번의 기회를 손에 거머쥘 수 있었다.

"많은 것을 빚졌습니다. 생명의 은인 그 자체라고 볼 수 있죠. 이번에 백작님을 도와드린 것에 비하면 미약할 뿐입니다."

"허허, 벌써부터 아들 덕을 보게 되다니. 난 정말 자식 복이 넘쳐."

죠르제는 너털웃음을 터뜨리며 두 소년의 어깨를 툭툭 내려쳤다. 이전까지만 하더라도 신비하게만 느껴졌던 그레인과 크루겐이 이젠 진정으로 아들과 동년배의 소년으로 느껴졌다.

"그래서 부탁드리겠습니다. 만약 아드님께서 이제까지의 모든 걸 뒤바꿀 운명과 마주하게 된다면……."

"하하, 이보게나. 점쟁이 노릇은 이제 그만둔 거 아닌가?"

죠르제는 가볍게 웃으며 넘기려고 했지만, 이내 표정이 진지하게 변했다. 그를 바라보는 그레인의 눈빛이 심상치 않았기 때문이다.

"그 운명을 피하라고 말해주십시오. 그럼에도 피할 수 없다면, 저희 둘의 이름을 반드시 가르쳐 주십시오."

다시 한번 페트로와 손을 잡고, 이전 생에서 이루지 못했던 목표를 달성하고픈 마음도 적지 않았다.

그러나 그가 또다시 이전 생처럼 모두를 위해 희생하는 운명에 도달하는 것 역시 원하지 않았다.

희생이라는 선택지를 다시 한번 누군가가 택해야 한다면 이번에는 페트로만은 제외해야 한다. 그것이 페트로의 정해진 운명을 바꾼다 할지라도.

"자네의 말을 솔직히 이해하기 힘들지만……."

죠르제는 뒷짐을 지고서 고개를 하늘로 향했다.

"예언이라는 건 사실 이렇게 뭔가 종잡을 수 없는 말로 표현되곤 하지. 자네의 말대로 하겠네."

"아무쪼록 부탁드립니다."

"마지막으로 하나만 물어봐도 되나?"

"얼마든지요."

죠르제는 두 소년의 머리부터 발끝까지 찬찬히 훑어봤다.

처음 봤을 땐 아들을 떠올리게 한 어린 성직자들.

점쟁이 행세를 할 때는 신비로움 그 자체였고, 일부 감춰진 진실을 들었을 땐 다시 아들뻘의 소년으로 돌아갔다.

그리고 마지막 부탁을 할 땐 뭔가 알 수 없는 무거움을 간직한 사내로 변해 있었다.

"자네, 정말로 17살 맞는가?"

"나름 거칠게 살긴 했습니다만."

그 말을 끝으로 그레인은 배에 올라탔다.

배 안은 출항 준비를 서두르는 선원들로 시끌벅적했고, 두 소년은 자신들의 이야기가 들리지 않도록 선수 쪽으로 자리를 옮겼다.

"휴우, 이제 확실히 끝났네."

죠르제를 설득하는 가장 큰 역할을 성공한 크로겐은 기운이 쭉 빠진 듯 어깨를 축 늘어뜨렸다.

"뭔가 얼렁뚱땅 일을 해치운 기분이지만, 결과가 좋으니 문제없겠지?"

"덕분에 왜 사람들이 점치는 것에 한번 빠지면 헤어나질 못하는지 알겠더라."

크루겐은 자신의 말을 무조건 믿었던 죠르제를 떠올리며 피식 웃었다. 그러나 이내 표정이 살짝 일그러지더니 그레인 쪽을 바라봤다.

"그런데 너는 굳이 그런 우스꽝스러운 방법을 안 써도 상대방을 설득시키니⋯ 뭔가 불공평한데? 쳇."

"뭐, 점쟁이 역할⋯ 잘 어울리던데."

"무슨 소리야? 지금 와서 하는 말이지만, '오오, 보입니다'는 진짜⋯ 내가 한 말이지만 정말 쪽팔려 죽는 줄 알았어. 그 순간만큼 머플러의 존재가 너무나 고마웠다고. 앞으로 이런 일은 네가 해!"

"그건 무리다. 난 너처럼 능청스럽지 못하거든."

"노력해 봐. 나도 처음부터 이런 성격 아니었다니까? 내 예전 성격 까먹었어?"

두 소년이 티격태격하는 사이 배는 항구에서 멀어져 갔다.

그레인은 계속 불평불만을 쏟아내는 크루겐을 뒤로하고 항구 쪽을 바라봤다. 손을 흔들며 두 소년을 배웅하는 죠르제의 미소가, 예전 생에서 페트로가 지었던 웃음과 겹쳐 보였다.

제4장
조금씩 맞춰지는 파편들

카르디어스 신성력 1397년 5월 2일.

프란디스 교구에 위치한 프란디스 성당.

한창 미사가 진행 중인 성당 안에는 엄숙한 분위기가 감돌았다. 파이프 오르간의 반주에 맞춰 성가대의 노래가 성당 안에 울려 퍼졌고, 저녁노을이 스테인드글라스를 지나 성당 안을 은은하게 비췄다.

"…자신을 소중히 여기듯 타인도 귀하게 여겨라. 이는 그분의 말씀입니다."

사제의 말에 신도들은 성호를 그은 후 두 눈을 감고 기도를 했다.

성당의 입구 옆 긴 의자에 앉아 있는 그레인과 크루겐은 말없이 성당 안쪽에 설치된 카르디어스 교단의 문양을 노려봤다.

신도들에게는 성스러운 공간일지 몰라도, 교단에 대한 적의를 가슴에 품고 있는 그 둘로서는 성당 안에 있다는 사실 자체가 불쾌했다.

"…그러므로 여러분들은 타인을 대할 때 항상 겸허함을 지니고……"

'또 타인인가.'

사제가 언급하는 '타인'이라는 단어에 하이브리드는 포함되지 않는다.

교단에게 있어서 하이브리드는 뛰어난 실력을 지닌 노예. 그 노예로 세상을 지배하려던 교황의 음모를 알고 있음에도, 지금 당장 말할 수 없다는 사실에 짜증이 몰려왔다.

그리고 막상 교단에 속한 지 3년째가 되었음에도 벤트 섬을 포함해 유적 발굴지까지, 교단의 색체가 옅었던 곳에만 머물렀던지라 성당 안에 있는 자기 자신이 어색하게도 느껴졌다.

"그러면 모두 돌아가 그분의 말씀을 전합시다."

사제가 성호를 그으며 미사의 끝을 알리자 신도들이 일제히 자리에서 일어났다.

미사를 마치고 성당 밖으로 나가던 신도들은 법의 차림의 그레인과 크루겐을 보더니 두 손을 모으고 고개를 숙였다. 크루겐은 얼떨결에 같이 인사를 주고받았지만, 그레인의 시선은 여전히 성당 안쪽의 교단 문양을 응시할 뿐이었다.

신도들이 모두 나가자 미사를 진행했던 사제가 두 소년에게 천천히 다가왔다.

"형제들은 어디에서 오신 분들이오?"

"저희들은 프란디스 교구로 배속을 명받은 하이브리드입니다."

그레인과 크루겐은 폭넓은 소매를 걷어 올리며 손목에 차고 있던 은색의 로사리오를 보여주었다.

"하이브리드?"

사람 좋아 보이는 인상이 순식간에 딱딱하게 굳었다.

50대 중후반으로 보이는 사제는 주변을 둘러보더니 자신들 말고 아무도 없음을 확인하고 안도했다.

"함부로 하이브리드라는 말을 꺼내지 마라."

"네? 아, 알겠습니다."

"조심성 없기는… 아무튼 너희들, 어디서 온 거지?"

크루겐이 프란디스 교구로 배속되었음을 알리는 문서를 건네자, 사제는 그것을 확 낚아챘다.

"아, 거기에서 왔군. 흐음, 너희들이 하이브리드라… 괴물치고는 둘 다 멀쩡하게 생겼구먼."

스스럼없이 둘을 괴물이라 칭하는 사제의 말투는 미사를 진행할 때와는 완전히 딴판이었다.

"잠깐, 5월 5일에 도착하는 걸로 적혀 있군. 그런데 왜 벌써들 온 것이냐? 앞으로는 주변 눈치를 보느라 제대로 놀지도 못할 텐데? 배가 불러도 단단히 부른 놈들이로군."

"……."

사제는 어이가 없어 멍하니 입을 벌린 그레인과 크루겐을 답답하다는 시선으로 바라봤다.

"아무튼 좀 기다려라."

사제는 원래 있던 자리로 돌아가더니 미사에 쓰인 성물들을 조심스럽게 벽장 안에 넣고 자물쇠로 봉했다. 그 뒤 자신을 따라오라고 손짓했다.

성당 후문을 통해 별관으로 이어지는 길 주변은 종교적인 색채를 제외하면 수수하기 그지없었다. 얼마 전 머물렀던 고르다와 케리나 부부의 화려한 정원과는 정반대 분위기였다.

"저, 한 가지 물어봐도 되나요?"

사제의 뒤를 말없이 따라가던 크루겐이 조심스럽게 입을 열었다.

"무엇을?"

"사제님의 성함이 어떻게 되시는지……."

"내 이름? 일찍도 물어보는군. 크론이다. 항상 이름 뒤에 주임 사제님을 붙이는 걸 잊지 말고 명심해라."

당당히 님을 붙여달라는 크론의 요청에 크루겐은 머플러에 가려진 입술을 삐쭉 내밀었다.

별관 안으로 들어오자 각자 책상에서 업무 중이던 성직자들이 일어서서 인사를 건넸다. 그리고 크론을 따라 들어온 두 소년에게 이목이 집중되었다.

"주임 사제님, 이분들은 누구십니까?"

"이분들은 무슨… 5월 5일에 도착할 예정이었던 하이브리드 두 놈이다."

"하이브리드요?"

말을 꺼낸 성직자 중 한 명의 눈빛이 확 바뀌었다.

동종 업계의 인물이 아닌, 자신보다 아랫사람을 바라보는 시선으로.

자신의 책상으로 간 크론은 서랍 안쪽에서 두 소년의 얼굴이 그려진 초상화와 황금색 팔찌를 꺼냈다.

"그레인, 그리고 크루겐. 맞나?"

그레인은 고개를 끄덕거렸고 크루겐은 알아서 두르고 있던 머플러를 풀었다.

"혹시 모르니 추가로 확인 절차를 거치겠다."

크론은 황금색 팔찌를 꺼내더니 오른쪽 손목에 찼다. 팔찌가 빛에 휩싸이는 순간, 둘은 심하게 고통받는 척하며 주저앉았다.

"으윽……."

가짜로 신음을 내며 으슬으슬 떠는 척하는 그레인과 아예 바닥에 누워 데굴데굴 구르는 크루겐.

그런 둘을 내려다보며 크론은 뒷짐을 지더니 천천히 좌우로 왔다 갔다 반복했다.

"역시 너희들은 이거 앞에선 사족을 못 쓰는군."

크론은 손목에 찬 황금색 팔찌를 흔들면서 두 소년의 일그러진 얼굴을 감상했다.

'저주의 잔'으로 인한 시련이 통하는지 아닌지 확인하는 걸 영 내키지 않아 하던 던컨과 달리, 크론은 비열한 미소를 짓고 있었다. 옆에서 사무를 보던 다른 성직자들의 표정 역시 크게 다르지 않았다.

"이 정도면 충분하겠군. 아, 너도 있었군. 잠시 잊어버리고 있었다."

그레인과 크루겐의 고통을 낄낄거리며 즐기던 다른 성직자들과 달리, 크론은 책상에 엎드려 부들부들 떨고 있는 누군가를 발견하곤 팔찌를 빼냈다.

"네……."

20대 초반으로 보이는 청년이 힘겹게 의자에서 일어났다.

거짓으로 고통스러워하는 척했던 두 소년과 달리 진정으로 괴로워한 표정이었다.

"베오크, 이놈들도 너와 똑같은 하이브리드다. 인사라도 나누도록."

"만나서… 으윽… 반갑다."

베오크라 불린 청년은 억지로 웃으면서 두 소년을 대했다.

그레인은 몸을 웅크린 채로 크루겐의 귀에 가까이 대더니 작게 속삭였다.

"어때?"

"아쉽게도 결사대원은 아니야."

귓속말을 주고받은 둘은 아쉬워하는 표정을 지으며 몸을 일으켰다.

"앞으로 너희들의 업무는 베오크와 다른 사제들이 가르쳐줄 테니 알아서 배우도록. 그 전에 우선 주의할 걸 알려주겠다. 각자 이식받은 부위가 어디인가?"

그레인은 왼팔의 소매를 걷어 올려 빙룡의 비늘을 보여줬고, 크루겐은 머플러로 가려진 얼굴을 가리켰다.

"앞으로 이식받은 부위는 교단 외 다른 사람들에게 들키지 않도록 꽁꽁 감추도록. 특히 신도들 앞에선 절대 보여주지 마라. 그리고 하이브리드의 힘을 함부로 쓰지 마라. 만약 허락 없이 썼다가 들키기라도 하면 아까 겪은 고통을 하루 종일 느끼게 해주겠다."

하루 종일이라는 단어에 베오크의 몸이 움찔거렸다. 정작 그레인과 크루겐은 별다른 반응을 보이지 않았지만.

"크론 사제님, 그런데 말입니다……."

"주임 사제라 부르라는 걸 잊었나?"

"아, 죄송합니다. 크론 주임 사제님, 앞으로 저희들이 할 일이 대충 뭔지 알 수 있을까요?"

크루겐의 질문에 턱짓으로 서류가 가득 쌓여 있는 각자의 책상 위를 가리켰다.

"보다시피 책상에 앉아서 하는 일이다. 물론 명목상 그런 거니 추후 다른 임무가 주어질 것이다."

"명목상, 말인가요?"

"그래. 기껏 하이브리드를 배속받아 놓고 이딴 서류 정리 작업만 시킬 거라 생각하나?"

크루겐이 더 물어보려는 찰나, 문이 열리면서 뚱뚱한 사내가 안으로 들어왔다. 그는 수건으로 이마에 흐르는 땀을 연신 훔쳐내며 거칠게 숨을 내쉬었다.

"휴우, 덥군. 그런데… 호오, 신입인가?"

사내는 오른손으로 턱을 매만지면서 그레인과 크루겐을 번갈아 가며 쳐다봤다.

"어디 출신들이지?"

"저 녀석들에게 출신이 따로 있을 리 있냐? 둘 다 하이브리드다."

"아, 이 녀석들이었습니까?"

그는 헛기침을 하더니 허리를 바로 세웠다. 흰 법의 때문에 살찐 배가 더욱 툭 튀어나와 보였다.

"나는 발렌이라고 한다. 너희들, 사고 치지 말고 조용히 잘 지내라."

그레인과 크루겐의 어깨를 번갈아 가며 툭툭 내려친 발렌은 크론 쪽을 넌지시 바라봤다.

"주임 사제님, 신입들 데리고 한잔하러 갈 생각인데, 같이 안 하시겠습니까?"

발렌의 제안에 크론은 노골적으로 인상을 찌푸렸다.

"나는 됐다. 자정 전에는 들어오도록."

"물론이지요."

발렌은 금세 이마를 적신 땀을 닦아내며 두 소년을 향해 손짓했다.

"자, 따라와라."

*   *   *

발렌이 그레인과 크루겐을 데리고 간 곳은 근교의 허름한 술집이었다.

자리를 잡자마자 다짜고짜 맥주부터 시킨 발렌은 단숨에 술잔을 비우며 시원함을 만끽했다. 그러나 술잔이 빠르게 비워지고 채워지면서, 맥주는 그의 몸을 식혀주기는커녕 오히려 더 화끈하게 데우고 있었다.

지금 그의 빨갛게 달아오른 얼굴처럼.

"끄윽… 내가 말이지……."

발렌은 의자 등받이에 몸을 축 기대면서 미소를 지었다.

"지금은 이렇게 한직에… 딸꾹! 머무르고 있지만……."

'성당 기사단 소속의 잘나가는 기사였고, 자신을 사모하는 수많은 여성을 뒤로하고 이교도들을 처단하는 길을 택했고. 하지만 인생에 회의를 느끼고 한직을 골랐다는 이야기겠지.'

벌써 다섯 번이나 반복된 이야기에 두 소년은 헛웃음이 나오려는 걸 억지로 참고 있었다.

머플러를 벗은 크루겐은 애써 웃음을 지으며 그를 상대했지만, 슬슬 인내심의 한계를 느끼는 중이었다.

'그나저나 이거, 모두가 이쪽만 바라보는 것도 고역이로군.'

가뜩이나 둘이 걸친 법의 때문에 모두의 시선이 집중된 상태에서 발렌의 술주정이 심해지자 따가운 눈초리를 등 뒤로 받아야 했다.

교단의 교리에 따르면 성직자들의 음주가 금지되진 않았다.

하지만 그건 어디까지나 취하지 않는 선에서 허락된 것이지, 지금 발렌처럼 완전 취해서 인사불성이 되라는 이야기는 아니었다.

"끄윽… 다들 충분히 마셨겠지?"

사실 맥주 한 잔도 제대로 마시지 못했지만, 둘은 고개를 끄덕거렸다. 이런 분위기에선 그 어떤 술이라도 단지 쓰기만 할 뿐이었다.

"그러면… 끄윽! 나가자."

발렌은 딸꾹질을 하며 자리에서 일어섰다.

그런 그의 뒤를 따라가며 두 소년은 안도의 한숨을 내쉬었지만, 그건 착각이었다. 그레인과 크루겐의 고난은 끝나지 않았다.

"뭐, 돈? 우리가 누군 줄 알고 감히 돈 내고 사 먹으라는 거냐?"

술값을 받기 위해 다가온 술집 주인을 향해 발렌은 목소리를 높였다. 일부러 평상복으로 갈아입고 나온 발렌은 여전히 법의 차림의 두 소년을 가리켰다.

"신을 섬기는 우리들을 도대체 뭐로 보고… 끄윽!"

쾅!

발렌은 탁자를 주먹으로 내려쳤다. 접시들이 아래로 떨어지며 박살 났고, 파편이 사방으로 흩어졌다. 그거로도 분이 안 풀렸는지 발렌은 옆에 놓여 있던 의자를 걷어차고선 당당히 술집 밖으로 걸어 나갔다.

"어쩔 수 없군."

그레인은 말없이 크루겐의 손바닥 위에 은화를 얹었고, 크루겐도 보태서 주인에게 건네줬다.

"남는 건 깨진 접시값으로 쓰세요."

"아이고, 감사합니다!"

"감사하긴요. 당연한 거잖아요."

그들은 연신 고개를 조아리며 인사하는 술집 주인을 뒤로하고 발렌을 뒤따라갔다.

술에 거하게 취한 발렌은 밤거리를 비틀거리며 걸어갔다. 사람들은 그의 뒤에 있는 법의 차림의 소년들을 보고 슬그머니 거리를 벌렸다. 행패는 막상 발렌이 부렸지만, 비난의 시선은 둘의 몫이 되어버렸다.

"다행이야."

크루겐은 상황과 전혀 어울리지 않는 말을 꺼내며 씨익 미소 지었다.

"뭐가?"

"우리가 알던 교단다워서 말이지. 이래야 나중에 뒤집어엎을 때의 맛이 각별하지 않겠어?"

"확실히 벤트 섬이나 유적지에서 만난 교단 사람들이 이색

적이긴 했지."

엄격한 규율로 수련생들을 지도했지만, 그 규율 외의 일에 대해서는 일체 간섭을 안 했던 이스트라 교관, 그리고 유적지에서 만난 던컨과 그의 부하들.

그들은 예전 생에 알고 있던 교단의 인간들과는 거리가 멀었다.

"아무래도 우리들을 가르치는 입장에 있어서 그랬을지도 모르겠네."

"사제 간의 정, 이란 것일지도."

"그런데 예전 생에선 그렇지도 않았거든. 확실히 과거와 달라졌고, 지금도 달라지고 있는 것은 분명해."

그리고 변하지 않은 교단의 '모습' 중 하나가 그들 앞에서 비틀거리며 용케도 걸어가는 중이었다.

"자아… 끄윽! 이번엔 여기다!"

두 소년은 발렌이 가리킨 화려한 간판을 보고 노골적으로 인상을 찌푸렸다. 입구만 봐도 접대부들까지 있는 술집이었기에 그대로 따라갔다간 구설수에 휘말릴 분위기였다.

"저, 발렌 님, 이제 그만 슬슬 들어가는 게 좋지 않을까요?"

"뭐? 시키면 시키는 대로 해야지, 어디서 토를 달아?"

발렌은 크루겐의 뺨을 손등으로 툭툭 치며 으름장을 놨다.

순간 그레인과 크루겐은 서로 눈빛을 교환하더니 고개를

끄덕거렸다. 말하지 않았지만, 눈빛만으로 서로의 마음을 읽기엔 충분했다.

"어이쿠! 조심하십시오!"

"뭐… 뭐야?"

"너무 과하게 드셨습니다. 저희들이 부축해 드리죠."

"나는 끄윽… 괜찮다고."

그레인과 크루겐은 발렌의 양팔을 하나씩 잡고 부축하는 척하며 후미진 곳으로 끌고 갔다.

주변을 살펴보며 아무도 없음을 확인한 둘은 발렌을 쓰레기와 오물이 쌓여 있는 골목 구석으로 집어 던졌다.

"으, 으윽……."

갑작스러운 충격에 발렌의 머리가 핑핑 돌았다.

"이 정도 취했으면 무슨 짓을 당했는지 기억도 잘 안 나겠네. 내가 적절하게 손볼까?"

"아니, 내가 할게. 누가 오는지 망 좀 봐줘. 이번 기회에 스코트에게 배운 격투술이나 시험해 봐야겠어."

"살살해라. 혹시라도 티 나게 하면 우리만 곤란해지니까."

교단 내에서 구박받거나 멸시받는 거야 이전 생에도 겪었던 일이기에 그럭저럭 버틸 수 있다.

하지만 교단 밖의 사람들에게 이런 모습의 '성직자'와 동류로 취급받는 건 곤란하다. 무엇보다 이런 인간에게 본때를 보여주지 않으면 같은 일이 반복되게 마련이다.

"으으… 속이……."

발렌은 여전히 빙글빙글 돌아가는 시야 속에서 정신을 못 차렸다.

그레인은 예전 고아원에서, 그리고 벤트 섬에서 있었던 일을 회상했다.

"벌써 세 번째로군."

우두둑.

그레인은 양쪽 주먹을 어루만지며 발렌에게 다가갔다. 주먹 쥔 왼손을 펼쳤다가 다시 움켜쥔 그의 입가에 쓴웃음이 자리 잡았다.

＊　　　＊　　　＊

다음 날, 숙소에서 일어난 발렌은 숙취 말고도 전신에서 느껴지는 고통에 도로 누워 버렸다.

술집을 나선 이후의 일이 도통 기억나지 않는 그는 저녁이 되어서야 간신히 일어나 그레인과 크루젠을 찾았다. 무슨 일이 있었냐는 물음에 술에 취해 다른 사람들과 뒤엉켜 싸웠고, 그걸 말리느라 고생했다는 크루젠의 능청스러운 대답이 이어 졌다.

그리고 다음 주, 또 다음 주에도 같은 일이 반복되자 발렌은 더 이상 그 둘에게 술을 마시자고 권유를 하지 않았다. 게다가 그레인을 볼 때마다 알 수 없는 이유로 몸이 흠칫거린 탓에 아예 시선조차 마주치길 꺼렸다.

그 외 프란디스 교구 내 다른 성직자들은 그레인을 포함한 하이브리드들을 상대도 안 했다. 가끔 자신들의 일을 대신 떠넘기거나 잡일꾼으로 부리긴 했다. 물론 예전 생에 겪었던 괄시나 수난에 비하면 아무것도 아니었기에 군소리 없이 하루하루를 보냈다.

그렇게 교구 내의 생활에 적응하는 사이, 시간은 빠르게 흘러갔다.

*   *   *

카르디어스 신성력 1397년 7월 15일.

"이거 엄청나군."

그레인은 자신의 책상에 수북하게 쌓인 문서들을 보고 혀를 내둘렀다.

크루겐 역시 그레인의 몫 못지않게 많은 양의 문서를 받고서 어찌해야 하나 난감한 상태였다. 원래는 같이 일해야 할 베오크가 다른 임무로 자리를 비운 탓에 문서의 분류 작업은 두 사람 몫이 되어버렸다.

"이거 언제까지였지?"

"내일 저녁."

"어휴, 미치겠네."

두 소년은 각자의 책상을 옮겨 서로 마주 보도록 붙인 뒤에 한숨과 함께 분류 작업을 시작했다.

"잠깐, 이건……."

높게 쌓인 문서 중 맨 위의 걸 집어 든 그레인의 눈빛이 날카롭게 변했다.

건너편의 크루겐 역시 언제 투덜거렸냐는 듯 진지한 얼굴로 문서의 내용을 꼼꼼히 살피는 중이었다.

그들이 분류를 맡게 된 문서들은 각 교구와 특수 지역으로 파견된 하이브리드들에 대한 평가서였다. 수련생 시절부터 현재 배속된 곳까지, 그동안 거쳐간 곳에서 각각 날아온 평가서들을 인물별로 묶어 분류하는 작업이었다.

'이 문서 중에는 예전 결사대원이었던 자들의 인적 사항도 있겠지? 잘되었어.'

많은 업무량에 기가 막혔던 그레인은 언제 그랬냐는 듯 미소를 띠고 있었다. 지난번 고르다와 케리나 부부 때처럼 추측이 아닌, 확실하게 옛 동료들의 행적을 알 수 있는 길이 이렇게 쉽게 발견될 줄은 몰랐기에.

그레인은 각 문서 최상단에 적힌 이름들을 꼼꼼히 살펴보며 분류 작업을 시작했다. 혹시나 자신이 모르는 이름일 경우 크루겐이 재차 확인하는 식으로 일이 진행되었다. 두 소년 모두 입을 다물고 문서를 넘기는 소리만이 이어졌고, 일에 집중하는 사이 어느새 1시간이 흘러갔다.

"……."

그러나 그레인이 아는 옛 동료들의 이름은 아직 찾아볼 수 없었다. 대신 엉뚱하게 자신의 이름을 찾고 쓴웃음을 지었다.

'나는 B등급인가.'

그레인은 코어를 이식받았던 장소인 벤트 섬, 그리고 유적 발굴지에서 각각 보내진 평가서를 하나씩 살펴봤다.

이스트라와 던컨은 최상급으로 평가해 준 반면, 쉐일은 그레인의 잠재력은 높게 쳐두되 교단에 대한 충성심 항목에 위험하다고 작성했다. 결국 그것들이 종합된 결과, 그레인은 실제 실력보다 낮게 평가되었다.

출세를 위해 교단에 머무르는 것이 아닌 이상, 평가 자체에 연연하지는 않았다. 그것보다는 자신을 평가한 문서들을 자신이 직접 분류해야 한다는 사실이 묘하게 느껴졌다.

'어, 이건…….'

문서를 넘기던 그레인의 손동작이 일순간 멈췄다. 벤트 섬에서 같이 교육받고, 그 대신 성지로 배속된 베스티나에 대한 평가서였다.

'역시 A등급을 받았군.'

원체 실력 자체는 뛰어났고, 그녀의 성격상 교단을 위해 묵묵히 일할 테니 당연하다면 당연한 평가였다. 현재는 성지의 다른 하이브리드들과 함께 임무 중이라는 설명이 문서에 적혀 있었다.

'만약 저주를 피한 몸이라면 나중에라도 같은 편으로 끌어들이고 싶은데… 이건 원한다고 되는 일이 아니겠지.'

살짝 아쉬워하며 기지개를 켜던 그레인의 어깨를 크루겐이 가볍게 툭툭 쳤다.

"뭔데?"

"쉿, 목소리 좀 낮춰 봐."

크루겐은 오른쪽 검지를 입술에 붙였다.

"이 녀석 기억해?"

크루겐이 내민 문서를 집어 든 그레인은 문서 좌측 상단에 그려진 초상화를 살펴봤다. 하지만 10대 후반으로 보이는 소년의 얼굴에서 딱히 떠오르는 인물은 없었다.

"드레이크 몰라? 해적 출신이었던 놈 있었잖아. 아니, 출신이 아니라 하이브리드가 된 뒤에 해적이 되었지만."

"아, 그 녀석?"

대부분의 하이브리드가 우울하고 무거운 과거를 지닌 것에
비해 유독 드레이크만은 특유의 쾌활한 성격으로 결사대 내
에서 분위기 메이커 역할을 했다.

인생 자체도 특이했는데, 교단 내 하이브리드로 활동하다가
해적에게 납치되었다. 그 후 모두에게 잊히나 싶더니만 어느
날 해적선단을 이끌고 돌아와 결사대의 79번째 대원이 되었다.

"그런데 이번 생의 이 녀석은 뭘 이식받았는지 제대로 기록
안 되어 있더라. 뭘까, 꽤 궁금해."

"나도 마찬가지야."

이전 생에는 수룡(水龍)의 눈을 이식받은 터라 보기와는 달
리 결사대에서 상당한 실력을 발휘했다. 게다가 평범한 인간
과 다르다는 열등감을 느끼기는커녕, 오른쪽 눈을 안대로 가
리면서 해적 선장에 딱 어울리는 코어라며 너스레를 떤 것이
떠올랐다.

그러나 이번에는 드레이크의 하이브리드로서의 능력에 대
한 부분에는 죄다 '?'만이 차지했다.

그리고 다른 하이브리드와 달리 빨간 글씨로 '수배 중'이란
표시가 되어 있었다.

"어……."

다른 문서를 살펴보던 크루겐의 눈이 놀란 나머지 크게 떠
졌다. 그는 그레인이 읽던 드레이크의 문서 위에 방금 전 문서

를 턱 하니 올리고는 손가락으로 쿡 찔렀다.

"이건… 맥스?"

결사대의 대장이었던 맥스에 대한 보고서에 그레인의 표정이 진지해졌다.

그레인은 천천히 문서를 처음부터 상세히 읽기 시작했다. 그러나 드레이크의 문서처럼 많은 부분이 물음표로 표시되었기에 알 수 있는 내용은 그리 많지 않았다. 소년 시절의 초상화와 수련생이 된 나이를 감안하면 그가 알고 있는 맥스가 분명했지만.

"그거 말고 이거, 이거."

천천히 문서를 읽고 있는 그레인과 달리 크루겐은 계속해서 문서 중간 부분을 쿡쿡 찔렀다.

"잠깐, 이거 뭐야?"

크루겐이 가리킨 부분을 읽던 그레인의 표정이 일순간 경직되었다.

"…교관 고든을 살해하고 현재까지 도주 중?"

"어이! 그건 보면 안 돼!"

갑자기 달려온 발렌이 그레인이 들고 있던 문서를 급하게 낚아챘다.

"이건 극비 문서라고!"

"어? 보면 안 되는 거였습니까?"

"그래!"

"에이, 그렇다면 미리 가르쳐 주시지 그랬어요? 뭔지 알아야 손댈지 말지 구별하죠."

크루겐이 너스레를 떨며 얼굴을 가깝게 들이밀자, 발렌은 흠칫 놀라며 뒤로 물러섰다.

"그, 그렇긴 하지. 흠흠, 잘 들어라. 이렇게 문서 윗부분에 검은색 테두리가 쳐진 것은 너희들이 관리할 것이 아니야. 혹시 이거 말고 다른 것들도 봤냐?"

"아니요. 이것도 막 읽으려던 찰나에 막으신 거고요."

"앞으로는 이런 걸 혹시라도 발견하면 절대 읽지 말고 나에게 곧장 말해라. 그런데… 으으, 왜 이러지? 너희들과 눈만 마주치면 몸이 떨리니 말이야……."

"감기라도 걸린 거 아닙니까?"

"아, 아무튼 내 말 명심해라. 괜히 주임 사제님께 걸리면 너희들만 피 본다."

발렌은 높이 쌓여 있는 문서 중 검은색 테두리가 쳐진 것들만 쏙쏙 뽑아내더니 자신의 책상으로 가져갔다.

"쳇, 다른 탈주자들의 행방도 알 수 있었는데……."

크루겐이 다른 성직자들이 듣지 못하도록 작게 속삭였다.

그러나 그레인의 귀에는 아무것도 들리지 않았다. 방금 전 읽었던 문서의 내용만이 머릿속에서 반복해서 떠올랐다.

'고든이 죽다니… 그것도 맥스에 의해서……'

*   *   *

그날 밤, 문서 분류 작업을 절반 정도 마친 그레인과 크루젠은 별관 옆 공터에서 평소대로 수련을 진행했다.

이전 유적지에서와는 달리 프란디스 교구는 하이브리드에 대한 관리가 엄한 편이었기에, 둘은 이전까지 써왔던 단검 대신 나무를 깎아 만든 조잡한 단검을 움켜쥐고 휘둘렀다. 그들이 쓰던 무기는 교구 내 무기 보관실에 처박혀 먼지가 쌓이는 중이었다.

툭! 탁!

금속성의 소리가 아닌, 나무끼리 부딪히는 둔탁한 소리가 둘이 서로 격돌할 때마다 흘러나왔다.

하이브리드의 힘도 쓰지 않고 치러지는 수련은 아무래도 단조로웠다. 게다가 오늘 있었던 '일' 때문인지 둘은 서로 말도 없이 단검을 휘두르기만 했다.

그렇게 계속 나무 단검으로 공격을 주고받는 사이 지친 두 소년은 동작을 멈췄다. 둘 다 허리를 숙인 채 거친 숨소리만을 내뱉었다.

"휴우… 우리들, 너무 대화 없이 서로 치고받는 것 아냐?"

경직된 분위기 속에서 먼저 미소 지은 쪽은 크루겐이었다.

"그랬지."

"그나저나 언제까지 이런 식으로 몸을 움직여야 하는지 모르겠어. 역시 진짜 단검으로 해야 손맛도 느끼고, 제대로 수련한다는 느낌이 드는데 말이야."

대부분 책상 앞에 앉아서 하는 일이다 보니, 유적지에 있을 때보다 몸이 굳는 느낌을 확실히 받았다.

"이식받은 코어가 지닌 잠재 기술도 빨리 발견해야 하는데… 안 그래?"

코어에 잠들어 있는 진정한 힘, 잠재 기술을 아직 둘 다 이끌어내지 못했다. 둘 다 예전 생과는 다른 코어를 이식받았기에 처음부터 시작하는 기분이 드는 건 어쩔 수 없었다.

"뭔가 손에 잡힐 듯 말 듯 애매해서 영 갈피를 못 잡겠단 말이야. 결국 시간이 모든 걸 해결해 주지 않을까?"

"그건 틀리다고 봐. 베스티나처럼 수련생 시절부터 터득한 경우를 잊지 마라."

"아~ A등급의 훌륭한 동기 말이지?"

"B등급인 나보다야 훌륭하겠지."

그레인은 크루겐의 말을 가볍게 맞받아치며 살짝 웃었다. 같이 웃으려던 크루겐은 돌연 깊게 한숨을 내쉬며 고개를 설레설레 저었다.

"역시 억지로 웃기엔 무리야. 고든이 죽었다는 걸 아니 기분이 좀 그래."

"……"

크루겐이 화제를 바꾸자 그레인의 표정이 경직되었다.

"아직도 믿기지 않아. 도대체 어떤 일이 있었기에 대장이 고든을 죽인 거야?"

고든.

결사대의 2번째 대원으로, 회귀 직전 당시 대부분 30대에서 40대였던 결사대원 중에서도 유일한 60대의 고령이었다.

당시 무작위로 어린 소년 소녀들을 대상으로 진행되던 코어의 이식은 하이브리드의 자질을 파악하는 비법의 발견 이후 크게 바뀌었다. 그 결과 굳이 어린 나이를 고집할 필요가 없어졌고, 그런 와중에 고든은 40대 중반이란 뒤늦은 나이에 하이브리드가 되었다. 그 후 맥스와 함께 결사대를 창설했고, 최후까지 살아남은 30명 중 한 명이기도 했다.

"혹시 동명이인은 아닐까?"

"아니야. 대장이 하이브리드 수련생일 때 고든은 교관이었다고 들었어. 이번 생도 그럴 가능성이 커. 교단 측의 기록을 일방적으로 믿을 수는 없겠지만, 극비 문서에 적은 내용이 과연 거짓일까? 게다가… 아, 잠깐만."

크루겐은 하던 말을 멈추더니 오른손으로 이마를 톡톡 두

들겼다.

"아, 기억났다!"

"무슨 일인데?"

"예전에 쉐일이 누구인지 물어봤지? 이제야 기억났어. 고든의 조력자 중 한 명이 바로 쉐일이었어."

"어디선가 들은 적이 있던 것 같더니만……."

"그런데 결사대와 쉐일을 연결해 줬던 고든은 이제 죽고 없으니… 일이 어떻게 돌아갈지 모르겠어. 뭔가 배배 꼬인 느낌이야."

머리가 복잡해진 크루겐은 지끈거리는 관자놀이를 손으로 꾹꾹 눌렀다. 시간의 뒤틀림이 항상 예전보다 이득을 가져다주는 것만은 아님을 확인하는 건 그다지 기분이 좋지 않았기에.

"너희들, 지금 여기서 뭐 하는 거냐?"

순간 별관 쪽에서 누군가가 걸어 나왔다. 둘보다 먼저 프란디스 교구로 배속받은 하이브리드 베오크였다.

"아, 그게 말이죠. 잠도 안 오고 그래서 땀이나 흘릴 겸 수련 좀 하고 있었습니다."

"수련? 설마 하이브리드의 힘을 쓴 건 아니겠지?"

크루겐의 변명에 베오크의 눈매가 날카롭게 변했다.

"당연히 안 썼죠. 그리고 보다시피 무기를 든 것도 아니고요."

크루겐과 그레인은 손에 쥐고 있던, 나무를 깎아 만든 조잡

한 형태의 단검을 내밀었다.

"게다가 실력을 키우면 좀 더 수월하게……."

"실력을 키워서 뭐 하게?"

기껏해야 두 소년보다 서너 살 더 많을 뿐임에도 베오크의 표정은 마치 인생을 다 산 듯한 얼굴이었다.

"어차피 우리 하이브리드들이 올라갈 수 있는 한계는 정해져 있어. 괜한 데 힘 뺄 생각 말고 잠이나 푹 자둬라. 괜히 시끄럽게 굴었다가 다른 사제들 눈에 띄기라도 하면 잔소리만 들을 거다. 특히 주임 사제를 조심해. 그 인간은 어떻게 해서든 하이브리드들을 괴롭힐까 하는 궁리로 머리가 가득한 인간이니까."

말을 마친 베오크는 별관 쪽으로 터벅터벅 걸어갔다. 가던 도중 뒤를 돌아보며 따라 들어오지 않는 그레인과 크루겐 쪽을 말없이 응시했지만, 이내 포기한 듯 다시 걸음을 옮겼다.

"까칠하네."

크루겐은 나무 단검의 날 부분을 손가락 끝으로 매만지며 입꼬리 왼쪽을 살짝 올렸다.

"하지만 솔직히 이해는 가. 자칫 잘못했다간 자기에게도 불똥이 튈까 봐 그런 거겠지. 우리들과 달리 저주로 진짜 고통받는 육체잖아."

"보고 있던 나마저도 괴로워지는 기분이었어."

이곳의 주임 사제 크론은 2주에 한 번씩 저주가 제대로 통하는지 확인한다면서 황금색 팔찌를 꺼냈다. 자신보다 강한 하이브리드들을 굴복시킬 수 있음을 즐기는 그만의 악취미였다.

그때마다 진짜로 고통받는 베오크를 두 소년은 동정 어린 시선으로 보긴 했지만, 뭔가 해줄 수 있는 것은 딱히 없었다. 교구 내 분위기가 경직된 탓도 있었지만, 베오크 스스로가 두꺼운 벽을 사방에 드리우고 타인과의 교류 자체를 거부했던 것이다.

같은 하이브리드라 할지라도.

"확실히 이곳 분위기는 우리들이 알고 있던 교단의 느낌 그대로야. 벤트 섬과 유적지에 있었을 때가 이상한 거였지."

저주를 피할 수 없는 보통의 하이브리드들은 교단을 벗어날 수 없었다. 결국 그 차이는 같은 하이브리드끼리 결사대와 교단 소속으로 나뉘어 싸워야만 했던 결과로 이어졌다.

"남 같지는 않아. 결사대에 들어가기 전까지의 나도 저랬으니까."

크루겐은 베오크가 들어간 별관 쪽을 바라보며 한숨을 내쉬었다.

*   *   *

카르디어스 신성력 1397년 9월 2일.

그레인과 크루겐이 프란디스 교구로 배속받은 지 넉 달째가 되는 날, 그들은 처음으로 교구 밖으로 나가게 되었다.

이번에 그들이 맡은 임무는 매 분기마다 프란디스 교구에 할당된 세금을 칼테스 왕국의 수도로 직접 전하는 일. 카르디어스 교단이 대륙 전체에 퍼질 수 있었던 이유 중 하나는 세금을 꼬박꼬박 납부했기 때문이다. 물론 교단이 직접 번 돈이 아닌 신도들의 성금으로 생색을 내는 것이지만.

"정말 오래간만에 진짜 무기를 만져보네."

크루겐은 무기 보관실에 갇혀 있던 한 쌍의 단검을 기름 수건으로 싹싹 닦았다. 세금을 실은 마차를 호위하는 임무였기에 특별히 진짜 무기를 손에 쥘 수 있었다.

그레인은 넉 달 만에 꺼내 든 트윈 엣지를 어루만지며 감회에 잠겼다.

'아딜나……'

그녀를 잊지 않기 위해 선택한 무기.

항상 그의 허리 한구석을 차지하던 단검이 사라지자, 솔직히 허전했던 것은 사실이었다.

그러나 지금 그가 떠올리는 대상이 예전 생의 아딜나인지, 아니면 이전과 전혀 다른 운명을 살고 있는 현재의 아딜나인지 혼란스러웠다.

한 가지 분명한 건, 이번 생에서만은 그녀의 운명이 예전처럼 비극으로 끝나서는 안 된다는 것이다. 그것을 적극적으로 막지 못하는 지금이 답답했지만, 자신의 섣부른 개입으로 혹시나 예전처럼 운명이 변하는 일이 생기는 것 역시 두려웠다.

"너무 고민하지 마."

"…그렇게 보였나?"

"네가 그걸 들고 생각에 잠기면 뻔하지, 뭐."

말을 마친 크루겐은 입김을 후후 불어가며 단검의 검날을 광택이 나도록 손질했다.

하지만 아무래도 손질하는 것만으로는 갑갑났다.

크루겐은 수송 준비로 바쁜 사제들 중 그나마 가장 '만만해 보이는' 발렌에게 다가갔다.

"괜찮다면 그레인하고 몸 좀 풀어봐도 될까요?"

"너희 둘이?"

마차에 실은 금액을 재차 계산 중이던 발렌은 고개를 두리번거리더니, 누군가가 없음을 확인하고 고개를 끄덕거렸다.

"주임 사제님도 자리를 비웠으니 별문제 없겠지. 대신 법의를 더럽히면 안 된다."

"명심하죠."

고개를 끄덕인 크루겐은 그레인과 함께 마차가 늘어선 성당 앞을 피해, 커다란 나무 아래 그림자가 드리워진 쪽으로 자리를 옮겼다.

카앙!

금속과 금속이 서로 부딪히는 소리에 모두의 시선이 두 소년을 향해 쏠렸다.

"역시 이 맛이야!"

여태껏 나무 단검의 둔탁한 느낌에 아쉬워했던 크루겐은 만족스러운 표정을 지었다.

각자 양손에 쥔 단검의 움직임에 따라, 두 소년이 땅에 디딘 두 발의 움직임도 빠르고 격렬했다.

날카롭게 날이 선 두 쌍의 단검이 보여주는 현란한 움직임에 사제들은 넋을 잃고 빠져들었다.

"······!"

순간 크루겐의 모습이 모두의 시야에서 사라지며 어둠 속에 녹아들었고, 그레인은 왼손의 단검을 역수로 고쳐 쥐더니 몸을 왼쪽으로 돌렸다.

카앙!

크루겐은 자신의 단검을 맞받아친 그레인의 단검을 천천히 밀어붙였다.

"예상했어?"

캉! 카앙!

이번엔 그레인 쪽이 힘을 주며 크루겐의 단검을 천천히 밀어냈다.

"뻔했지."

태연하게 말을 주고받는 와중에도 둘의 공방은 끊이지 않았다. 크루겐이 오른발로 그레인의 복부를 노렸고, 그레인은 몸을 살짝 돌려 피하면서 인상을 살짝 찌푸렸다.

"그런데 크루겐……."

그레인은 왼손에 쥔 단검으로 크루겐과 힘겨루기를 하면서, 오른손으로 법의에 묻은 먼지를 털어냈다.

"옷을 더럽히면 곤란하잖아."

"헤헷, 오래간만이다 보니 그만……."

넉살 좋게 미소로 넘어가려는 크루겐과 가볍게 피식 웃으면서 다시 공격을 시작한 그레인.

타인의 눈에는 결코 몸을 푸는 수준이 아니었지만, 두 소년에게는 그동안 무뎌졌던 감각을 가다듬기에는 최적이었다.

"휴우, 그러면 이 정도로 하자."

"그래."

그렇게 5분 정도 시간이 흐르자 두 소년은 약속이라도 한 듯 대련을 멈추고 거칠어진 숨을 천천히 골랐다. 반면 사제들은 아직까지도 입을 벌리고 멍하니 두 소년을 바라보고만 있었다.

"잉? 제 얼굴에 뭐 묻었나요?"

크루겐은 머플러로 가린 자신의 얼굴을 가리키며 물었다.

"너, 너희들, 이렇게 강했냐?"

발렌은 휘둥그레 뜬 눈으로 두 소년을 번갈아 가며 바라봤다.

"에이, 하이브리드라면 이 정도는 해야 인정받아요."

"그, 그래?"

발렌은 크루겐이 자신을 향해 다가오자 온몸에 땀이 흐르기 시작했다. 여름이 가고 선선한 바람이 불어오는 9월임에도.

"그래봤자 저 녀석은 B등급이고, 저는 아예 평가서에 등급 자체가 안 매겨져 있던데요?"

"……."

크루겐은 어깨를 살짝 으쓱거리며 단검을 검집에 집어넣었다.

"그래도 마차 호송은 확실히 해보겠습니다. 뭐, 애초에 교단의 세금을 노리는 겁 없는 놈이 설마 있겠어요?"

"저, 정말로 듬직하구나."

그리고 발렌은 그런 하이브리드에게 겁 없이 술을 권했던 과거의 자신을 마음속으로 탓했다.

*   *   *

카르디어스 신성력 1397년 9월 10일.

칼테스 왕국의 수도, 칼테스 성.

다른 지역과 달리 몬스터의 수가 극히 적었고, 인근 국가들과 별다른 충돌도 없었기에 왕국의 수도 칼테스 성은 항상 평화로웠다.

그런 칼테스 성은 오늘 꽤나 분주한 분위기였다. 성문을 지키는 경비병들은 평소답지 않게 바삐 움직였고, 훨씬 까다로운 검문검색에 성안으로 들어가려던 상인들은 난색을 표했다.

바로 오늘, 칼테스 왕국 내 모든 교구에서 보낸 세금 마차들이 한꺼번에 도착하는 날이어서였다.

'이런 모습은… 그다지 기분 좋진 않군.'

크루겐과 함께 마차의 왼쪽과 오른쪽을 각각 호위 중인 그레인이 어금니를 살짝 깨물었다.

한적한 숲이나 벌판을 지나갈 땐 괜찮았지만, 이렇게 마을이나 성에 들어서면 봐야 하는 광경은 매번 그의 기분을 씁쓸하게 만들었다. 카르디어스 교단의 문양이 그려진 마차를 보고 성호를 그으며 기도를 올리는 시민들의 행렬이 마차가 지나가는 방향 양옆으로 계속 이어졌다.

일주일 정도 걸린 세금 호송 자체는 별 탈 없이 무사히 끝났다. 도중에 마차를 대신 몰고 가려던 도둑이 있긴 했지만,

그레인의 냉기에 마차 바퀴가 지면과 함께 얼어붙어 꼼짝달싹 못 하고 붙들려야 했다.

총 10대의 마차가 거대한 창고 입구에 정렬했고, 성에서 나온 관리들은 각 교구의 대표로 온 성직자들과 인사를 나눴다. 당연하지만 마차를 호위하러 온 하이브리드들을 거들떠보지도 않았다.

"어이, 너희들."

프란디스 교구 대표로 온 발렌은 두 소년을 앞에 두고 엄숙하게 말했다.

"여긴 프란디스 교구가 아니다. 그러니 얌전히 굴어라."

"네, 술도 안 마시고 잠자코 있죠, 뭐."

크루겐이 살짝 그를 비꼬았지만, 정작 발렌은 눈치채지 못했다. 대신 고개를 설레설레 젓더니 헛기침을 했다.

"흠흠! 술 이야기는 하지도 마라. 나 술 끊은 지 오래다."

"네? 언제부터요?"

"네 녀석들과 술 마시고 나면 매번 온몸이 멍투성이가 되어서… 그냥 자연스럽게 멀리하게 되더군. 위에서도 한 소리 들었고, 번번이 날 챙겨준 너희들에게 미안하기도 해서 말이야."

"아, 네……."

크루겐은 멋쩍게 대답하며 발렌을 자세히 살펴봤다.

여전히 비대한 몸집이었지만, 예전에 비해 덜 부었고 혈색도 많이 좋아졌다.

"아무튼 여기선 너희들이 할 일은 없으니 성 구경이라도 해라. 저녁이 되기 전까지 숙소로 돌아오는 거 잊지 말고."

"그래도 되나요?"

"너희들을 계속 여기에 놔둬봤자 무슨 의미가 있겠냐? 계속 성당에 갇혀 있었으니 이번 기회에 바깥 구경이나 좀 해둬라. 아니면 저기 가서 동기라도 있으면 이야기라도 나누든가."

발렌은 각 교구에서 온 하이브리드들이 모여 있는 곳을 가리키더니 관리들이 모인 쪽으로 걸어갔다.

"의외로 좋은 사람일지도 모르겠군."

"그건 더 두고 봐야 알 일이고. 아무튼 돌아다녀도 된다고 허락까지 받았으니… 슬슬 옛 동료들을 찾아볼까?"

둘은 기대감을 가지고서 하이브리드들이 모여 있는 벤치 쪽으로 걸어갔다.

하지만 모두 처음 보는 얼굴이거나 크루겐처럼 얼굴을 가린 이들뿐이었다. 아는 이들끼리 대화를 나누는 하이브리드들 사이를 오갔지만, 결국 동료는 찾지 못한 채 공터 구석의 벤치에 자리를 잡았다.

"아무래도 얼굴을 가린 녀석 중 하나일 텐데……."

"크루겐, 22호가 칼테스 성 교구에 있는 게 확실해?"

"응, 그때 본 문서 중에 있었어. 다른 결사대원도 있을지 모르지만, 확인한 건 그 녀석뿐이야."

결사대의 22번째 대원, 발터.

대부분의 결사대원처럼 고아원 출신인 그는 최후의 30인에
끼긴 했지만, 뭔가 특출한 활약을 한 적은 없었다.

그래서 그런지 그레인에게는 대장 맥스나 페트로처럼 선명
한 인상으로 머릿속에 확 떠오르진 않았다. 좋은 의미로든,
나쁜 의미로든 간에.

"어, 저기… 왠지 널 보는 것 같은데?"

이야기를 나누는 인원을 제외하면 서로 본척만척 눈치만
보는 분위기 속에서 유독 한 명이 그레인 쪽을 뚫어져라 계속
쳐다봤다. 특이하게도 크루겐처럼 얼굴을 가렸기에 누군지 알
수 없었다.

그는 붕대로 둘둘 감긴 얼굴로 둘 쪽을 향해 걸어오더니 그
레인의 왼편에 떡하니 앉았다.

크루겐은 살짝 눈치를 보더니 아무 말 없이 일어나 뒷짐을
지고 자리를 비켜줬다.

"너는 혹시……."

그는 뭔가 말하려고 입을 열었다가 도로 닫기를 반복하며
뜸을 들였다. 그레인은 홀로 팔짱을 낀 채로 그가 먼저 말하
기를 기다렸다.

"…1416."

결사대원이라면 결코 잊을 수 없는 숫자가 그의 입에서 흘러나왔다.

"99."

그레인은 자신의 코드네임만 짤막하게 말했고, 숫자의 의미를 이해한 그가 고개를 끄덕거렸다.

"역시……."

그는 오른손을 내밀어 악수를 청했다. 하지만 크루겐이 다시 돌아오자 내밀었던 오른손을 거두고 입을 꾹 다물었다.

"너, 이름이 혹시 발터 아니야?"

"맞다."

"그러면 22호 맞지?"

"설마 너도?"

붕대에 가려지지 않은 발터의 눈이 크게 떠졌다.

"그레인을 알아보고 왔을 테니 나는 모를 테고… 나는 12호, 크루겐이야."

"크루겐?"

"거, 왜 있잖아, 항상 어두운 얼굴에 조용히 구석에 처박혀 있던……."

크루겐의 설명에도 발터는 모르겠다는 표정을 지었다. 결국 크루겐은 머플러를 풀더니 능청맞게 웃는 얼굴을 직접 보여주었다.

"아, 그 녀석? 그 녀석이 너였어?"

"쳇, 이제야 알아보네. 그레인은 단번에 알아챘으면서. 역시 유명하고 볼 일이야."

"네가 이렇게 술술 말하는 타입이었나? 아니었던 걸로 기억하는데?"

"그야 회귀한 지 벌써 7년이나 지났으니 성격 정도야 바뀌지."

"크루겐이 맞아. 내가 보장하겠다."

"99호가 그렇게 말한다면……."

발터는 옛날과 완전히 달라진 크루겐을 받아들이며 고개를 끄덕였다. 그렇다고 또 다른 의구심까지 풀린 건 아니었다.

"그런데 내가 22호인지 어떻게 알아봤지?"

"우연히 하이브리드들에 대한 평가 문서들을 정리할 기회가 있었거든. 그때 네가 칼테스 성 교구에 있다는 걸 확인했지. 그런데 이렇게 얼굴을 가리고 있으니, 초상화로 기억해도 알아볼 수 없더라."

"그건 이식받기 전에 그린 거라 지금과 달라."

발터는 눈과 코, 그리고 귀와 입을 제외한 얼굴 전체에 둘둘 감겨 있던 붕대를 천천히 풀었다.

"어……."

"스톤 골렘의 코어를 이식받아서 이런 몰골이 되어버렸지."

딱딱한 돌조각이 촘촘히 박혀 있는 얼굴에서 예전의 발터를 떠올리긴 무리였다. 얼굴 말고도 피부 자체가 돌처럼 딱딱하게 변했지만, 법의 밖으로 나온 손에 흰 장갑을 끼워서 감추고 있었다.

"놀랐나?"

"아니, 그것 때문이 아니야. 예전과 다른 코어를 이식받을 가능성이 높으니, 이럴 수도 있겠구나. 앞으로 참고해야겠어."

원래 있던 흉터가 안 생기는 정도를 넘어서서, 뒤바뀐 운명 때문에 외형 자체가 완전히 변한 경우는 그레인이나 크루겐이나 처음 접했다.

발터가 다시 얼굴에 붕대를 감는 동안, 세 명 사이에 침묵이 감돌았다. 그러나 크루겐 특유의 친화력 덕분에 발터와의 이야기는 다시 이어졌다.

"너도 벤트 섬이었어?"

"너희들보다 딱 한 기수 전이었으니, 운이 좋았다면 그때 만났을 수도 있겠군."

"벤트 섬이라, 이스트라 교관이 떠오르는걸."

"이스트라?"

발터가 표정을 일그러뜨리자 감겨 있던 붕대가 꿈틀거렸다.

"우리들이 예전과 달라졌지만, 그도 많이 바뀌었더군. 예전 생에 비하면 너무 엄해졌어. 처음에는 아예 딴사람인 줄 알 정도였지."

"그래? 어… 그것보다 이전 생에도 이스트라 교관에게 교육 받았어?"

"그렇긴 한데, 너무 변해서 완전히 다른 두 사람에게 교육받 은 기분이었지."

"잠깐만. 계산 좀 해보고. 예전에 나는 네가 교육받았던 시 기에 벤트 섬에 있었거든. 그렇다면……."

크루겐은 이전 생에 벤트 섬에 머물렀던 시기와 경험, 그리 고 발터의 경우를 서로 비교했다.

"나도 너처럼 벤트 섬에서 두 번이나 교육받았지만, 예전 생 에는 이스트라를 만나본 적 없었는데? 시간이 그런 식으로 뒤틀렸나?"

"12호, 그게 그렇게 중요해?"

"뭔가 찜찜한 기분이 들어서 그래. 지금에 와서는 아무 의 미도 없겠지만. 아, 다른 동료들은 만났어?"

"칼테스 왕국 내에는 없고, 대신 다른 왕국으로 배속된 동 기 중 2명이 결사대원이야. 그러고 보니 물어볼 게 있어. 콜런 을 만난 적은 없나?"

"콜런? 24호?"

그레인과 콜런 사이에 비하면 덜하지만, 발터와 콜런은 나 름 친분이 있던 사이였다. 아무래도 비슷한 시기에 결사대에 가입했기 때문이겠지만.

"흐음, 그 녀석은… 글쎄… 기억이……."

"본 적은 없다."

둘 사이의 대화를 계속 듣고만 있던 그레인이 딱 잘라 말하자, 발터는 아쉬운 듯 한숨을 내쉬었다.

"보고 싶은데 말이야. 나중에라도 만날 수 있겠지."

시선을 먼 곳으로 옮긴 발터를 바라보며 그레인과 크루겐은 입을 다물었다.

더 이상 결사대원들과 관련되길 꺼리는 콜런의 의사를 존중해서 한 짓이지만, 같은 결사대원을 상대로도 진실을 숨겨야 하는 지금이 결코 유쾌하진 않았다.

"고마워."

"대단한 건 아니잖아."

"그래도 기분이 찝찝하네. 나중에라도 이해해 주겠지?"

"그러길 바라야겠지……."

귓속말을 주고받은 둘은 발터처럼 먼 곳을 응시했다.

다른 하이브리드들이 왁자지껄 이야기를 나누는 가운데, 나란히 벤치에 앉은 세 명 사이에선 침묵이 감돌았다.

제5장

회귀로 인한 망각

카르디어스 신성력 1397년 9월 16일.

세금 수송을 마치고 돌아온 마차들이 프란디스 성당 앞에
줄지어 서 있었다.

보름 가까이 계속 마차를 몰았던 마부들은 급료가 든 돈주
머니를 손바닥으로 툭툭 쳐 올리며 오래간만에 한잔할 생각
에 들떠 있었다.

그러나 정작 마차를 호위했던 두 하이브리드는 숨 돌릴 틈
도 없이 주임 사제에게 호출되었다.

"흠흠, 네놈들을 부른 건 다름이 아니라……."

프란디스 교구의 주임 사제 크론은 두 소년을 앞에 두고 문서 하나를 집어 들었다.

그레인은 충혈된 눈을 비볐고, 크루겐은 하품을 억지로 참으며 눈을 깜박거렸다. 밤늦게 성당에 도착한 그들의 피곤함은 극에 달했다. 그대로 침대로 쓰러져 곯아떨어져도 이상할 것 없는 상태라 크론의 이야기가 빨리 끝나기만을 기다렸다.

"네놈들의 신용을 올릴 수 있는 기회다."

"네?"

밑도 끝도 없이 신용을 언급하자 그레인은 어이없다는 표정을 지었다.

"발렌 사제의 말을 들어 보니, 너희 둘, 꽤 실력 있는 놈들이라며?"

"딱히 그렇지도 않습니다."

"하지만 말이다, 위로 올라가기 위해선 실력만 있어서는 곤란하다. 그레인, 너는 잘 모르겠지만 교단 상층부에선 널 그리 달갑게 보지 않는다. 그런 너에게 이번에야말로 상층부가 널 다시 보게 만들 수 있는 기회다. 나름 내가 힘써서 얻은 기회이니 절대 놓치지 말도록."

"……."

마치 자신이 선심을 쓰듯 말하는 크론의 태도가 둘은 영

마음에 들지 않았다. 그러나 너무 지친 나머지 일일이 반응하기조차 귀찮았다.

"그것은 바로 탈주자의 처단이다."

순간 졸음이 확 날아난 두 소년은 눈을 크게 떴다.

"네놈들은 모르겠지만, 일주일 전에 고르디아 왕국 소속의 하이브리드가 탈주했다. 그리고 현재 우리 교구가 속한 칼테스 왕국으로 도망 중이라는 정보를 입수했다."

크론은 탈주자의 초상화와 세부 사항이 적힌 문서를 손끝으로 툭툭 건드렸다.

"같은 괴물을 처리해야 하는 입장으로서 당연히 괴로울 것이다. 하지만 그것 이상으로 교단의 신용을 얻을 수 있는 수단은 그리 많지 않다."

크론은 그레인 옆에 있는 크루겐의 머플러를 손가락 끝으로 살짝 내렸다.

"그리고 크루겐, 너의 힘은 암살에 최적화되어 있다. 스스로도 잘 알고 있겠지?"

"네……."

"그래서 이번 일을 네 녀석들에게 맡기는 것이다. 실패한다면 계속 한직에만 머무르게 되겠지."

이번에는 턱짓으로 오른편을 가리켰다. 베오크가 평소와 똑같이 침묵 속에서 서류를 정리 중이었다.

"이번 기회를 놓치지 마라. 그렇다고 너희들에게만 기회가 주어진 건 아니다. 다른 괴물들도 합류할 예정이니, 공을 올리고 싶으면 네놈들 손으로 직접 처리해라."

크론은 들고 있던 문서를 그레인에게 건넸다.

"바로 이놈이다. 똑똑히 기억해 두도록. 날이 밝으면 출발할 예정이니 오늘은 푹 쉬어라."

이미 자정이 다 되어가는 시점에서 푹 쉬라는 말처럼 의미 없는 배려는 없었다.

하지만 문서에 그려진 얼굴과 적힌 이름을 본 두 소년에게 크론의 말 따위 들리지 않았다.

둘은 자리를 옮겨 아무도 없는 성당 뒤편으로 조용히 이동했다. 성당 벽에 걸린 횃불 아래, 문서를 되풀이해서 읽는 그레인과 크루겐의 뇌리엔 똑같은 인물이 떠올랐다.

"이거, 아무리 봐도 30호 맞지?"

"듀란……."

* * *

30번째 결사대원, 듀란 케뷸러스.

100명의 결사대원 중 소수에 해당하는 귀족 출신의 하이브리드.

현재의 그레인이 냉기의 힘을 손에 거머쥐었다면, 이전 생에 냉기를 다루던 이는 다름 아닌 듀란이었다.

보유한 힘에 걸맞게 냉철한 판단력을 발휘했고, 하이브리드의 힘 외에도 검술과 마법 모두에 통달한 능력자였다. 결정적으로 30명의 결사대원에게 또 한 번의 기회를 준, 시간 회귀술의 술식을 해석한 이도 바로 듀란이었다. 그렇기에 그에 대한 결사대의 믿음은 그레인과 다른 의미로 굳건했다.

하지만 수배서에 적힌 듀란에 대한 평가는 너무나 박했다. 하이브리드가 된 지 5년이 지났지만 하이브리드로서의 성장은 거의 없다고 적혀 있었다.

탈주 이유 자체는 간단했다. '훈육'이라는 명목 아래 동료 하이브리드들을 괴롭히던 주임 사제를 공격한 뒤 도망쳤다고 알려졌다. 그 훈육에 대해 자세히 적혀 있지 않았지만, 같은 교구의 베오크가 당하는 일을 생각하면 굳이 설명은 필요 없었다.

"그 듀란이라면 지금쯤 성지에서 일하고 있을 거라 생각했는데… 이해가 안 가는군."

두 달 전, 하이브리드에 대한 평가서 중 듀란의 것은 없었다. 그래서 수배서에 적힌 평가를 곧이곧대로 받아들이기엔 힘들었다.

"무엇보다 탈주할 생각이었다면 맥스와 함께 벤트 섬에서 교육받을 때가 최적이었을 텐데, 듀란답지 않아. 둘 사이에 무슨 일이라도 있었는지 궁금해."

크루겐은 나름 추측을 하며 듀란에 대해 이해하려고 했지만, 이전까지와 달리 그저 추측에 머물렀다.

"역시 회귀하다 보니 과거와는 달라진 걸까?"

"지금의 너처럼?"

"에이, 경우가 다르지. 나는 이렇게 바꾸는 편이 더 좋아서 그런 거잖아."

두 소년이 이야기를 나누는 와중에도 칼테스 왕국에서 파견 나온 병사들은 숲 쪽을 바라보며 포위망을 유지했다.

프란디스 교구로부터 동쪽 멀리 떨어진 곳에 위치한 밀리그란 숲.

교단에게 추적당하던 탈주자 듀란이 이틀 전 이 숲으로 숨은 뒤, 아직 밖으로 나가지 않은 상태였다.

"모두 이쪽으로 모이도록!"

고급스러운 법의를 걸친 사제의 말에 칼테스 왕국 내 각 교구에서 온 하이브리드들이 그의 앞에 집결했다. 그레인은 혹시 이전에 만났던 발터가 있는지 주위를 살폈지만, 아쉽게도 그는 없었다.

"2명씩 뭉쳐라."

교단의 이단 심문관 벤슬란의 지시에 하이브리드들이 2인 1조로 나뉘었다. 같은 교구에서 파견된 그레인과 크루겐은 자연스럽게 같은 조가 되었다.

"절대 단독으로 행동하지 말고 너희를 이끌어줄 기사분들의 지시에 따라라. 만약 기사분들의 지시를 무시하고 행동할 경우엔 추후 처벌하겠다."

하이브리드들은 총 12명. 거기에 성당 기사단에서 파견 나온 성당 기사 6명.

밀리그란 숲을 둘러싼 병사들이 포위망을 천천히 좁혀 나가고, 3인 1조로 구성된 6팀이 그보다 빠르게 숲 안쪽을 수색하면서 탈주자를 잡는다는 계획이었다.

'마치 사냥 같군. 그리고 우리들은 사냥개고……'

교단 내의 하이브리드에 대한 푸대접이야 충분히 익숙해졌지만, 일반 병사들이 보는 앞에서까지 이런 취급을 받고 있자니 그레인은 인상을 쓸 수밖에 없었다.

"그러면 시작한다."

벤슬란이 숲을 가리키자 여섯 개의 추적조는 각자 다른 방향으로 숲 안쪽으로 들어갔다.

＊ ＊ ＊

탈주자를 잡기 위한 추적조가 빠른 속도로 수풀을 헤치며 숲 안쪽으로 잠입한 지 한 시간 정도 되었을 무렵.

"어이, 더 들어가지 마."

그레인, 크루겐과 같은 조가 된 성당 기사 체이더는 둘을 불러 세우고는 나무 옆 바위에 털썩 주저앉았다.

"쯧, 이게 뭐야. 오래간만에 휴가 좀 즐기는가 싶더니만, 갑자기 호출이나 당하고……."

체이더는 불평불만을 늘어놓으며 손바닥으로 부채질을 했다. 은색의 갑옷 안쪽에서 흘러나온 땀은 쉽사리 식지 않았다. 그는 탈주자 추적에 미련을 두지 않고 그저 시간이나 때울 작정인 것 같았다.

"저… 추적 안 해도 됩니까?"

"너희들은 잔말 말고 내 지시에만 따라라. 그리고 쓸데없이 말 걸지도 마."

"아, 네……."

"쯧… 고작 탈주자 한 명 잡으려고 이렇게 많은 인원을 동원하다니. 이레귤러라고 해도 어차피 풋내기잖아."

하이브리드들 중 '저주의 잔'이 통하지 않는 이들을 지칭하는 단어, 이레귤러.

듀란은 저주의 잔으로 인한 제약을 무시하고 탈주했기에 이레귤러라는 사실이 뒤늦게 발각되었다. 정작 결사대원들은 이레귤러라는 말을 쓰지 않았고, 언급하는 것 자체를 금기로 여겼다. 자연스레 그레인과 크루겐의 표정이 험악해졌지만, 이

내 원래대로 돌아갔다.

"젠장, 생각하면 할수록 열 받네. 왜 하필이면 휴가 나가기 직전에 일이 터져서……."

"정 피곤하시면 저희들끼리라도……."

"내가 쓸데없이 말 걸지 말라고 했지?"

"……."

그레인에 이어 이젠 크루겐마저 입을 꾹 다물었다.

"탈주자 한 놈 잡아서 신세 좀 펼 생각 한다면 관둬라. 이 수배서대로라면 그놈은 먼저 찾는 놈이 임자다. 용케 여기까지 도망친 것 자체가 운이라고."

그러나 그레인과 크루겐이 아는 듀란은 절대 쉽게 잡히거나 죽을 인간은 아니기에, 둘은 체이더의 말을 무시했다.

"그레인, 이번에 듀란이 이식받은 코어가 흡혈귀의 피, 맞지?"

"흡혈귀의 힘이라면… 많이 까다로울 거다."

"그런데 왜 수배서엔 실력 없는 놈이라고 악평해 놨을까?"

"그건 직접 상대해 보면 알겠지."

둘은 체이더에게 들리지 않도록 귓속말을 주고받으며 앞으로 적으로 만날지도 모르는 듀란에 대해 논했다.

"흡혈귀의 코어를 이식받은 놈하곤 예전에 몇 번 상대해 보지 않았어?"

"그랬지. 정말 끈질겼다."

그레인은 예전 생에 적으로서 싸웠던 하이브리드가 뇌리에 떠올랐다.

흡혈귀의 여러 능력 중 가장 까다로운 능력은 바로 흡혈. 타인의 피를 흡수하면 그만큼 강해지는 흡혈 능력은, 흡혈귀를 상대하는 이로 하여금 장기전을 피하게 만든다.

웃긴 건, 그 흡혈귀의 힘을 지닌 적을 효과적으로 상대했던 이가 다름 아닌 예전 생의 듀란이었다는 것이다. 그레인은 그 당시 듀란이 싸웠던 방식을 떠올리려고 회상에 잠겼지만, 생각처럼 잘되진 않았다.

"음?"

소리 죽여 귓속말을 주고받던 크루겐이 귀를 쫑긋거렸다.

"무슨 일 있어?"

"아, 너에겐 안 들리겠지?"

크루겐은 어두컴컴한 숲 안쪽을 가리켰다.

"비명 소리였어."

*   *   *

"아, 진짜 이렇게 많은 인원을 투입시킬 필요도 없는데……."

성당 기사단원 케델론은 숲에 들어온 뒤 내내 투덜거렸다.

그레인과 크루겐의 조 말고도, 다른 조도 비슷한 분위기였다. 듀란을 발견했다는 첩보에 따라 긴급 소집된 성당 기사단 원들 대부분은 의욕 없이 추적에 나선 상황이었다.

"괜히 숲으로 몰아붙여서 시간만 걸리게 되었잖아. 쫓으려 면 처음부터 제대로 할 것이지."

케델론은 걸음을 멈추더니 나무에 등을 기댔다. 같은 조에 속한 두 명의 하이브리드는 그가 더 이상 따라오지 않는 걸 알고서 도로 돌아왔다.

"더 전진하지 않습니까?"

"가서 뭐 하게? 어차피 병사들이 포위망을 좁히고 있으니 그놈 잡히는 건 시간문제야. 난 쓸데없이 힘 빼고 싶지 않다."

"네?"

"잔말 말고 너희들은 망이나 잘 봐. 이단 심문관에게 들키 기라도 하면 일 귀찮아진다."

"그래도……."

"닥쳐! 시키는 대로 하기나 해!"

그는 애꿎은 하이브리드들에게 화풀이를 하곤 털썩 주저앉 았다. 여송연에 불을 붙이고 깊게 한 모금 빨아들인 후에도 그의 불평은 계속 이어졌다.

"도망치려면 끝까지 눈에 띄지 않을 것이지, 괜히 꼬리 잡혀 서 나만 고생이잖아."

케델론은 품에서 문서를 꺼내더니 듀란의 초상화를 보고

인상을 구겼다.

듀란은 흡혈귀의 코어를 이식받았지만, 굳이 다른 하이브리드를 동원할 필요도 없을 정도의 실력으로 평가되고 있었다. 그렇다면 그냥 왕국 병사들을 동원해 듀란을 체포하고 신원만 인도받는 선에서 그치는 것으로 충분하지 않냐며 케델론은 연신 투덜거렸다. 이레귤러가 하이브리드의 연구를 위한 '소재'로 교단에서 비밀리에 쓰인다는 사실을 모르는 그의 입장에선, 굳이 교단이 직접 나설 필요가 없다고 여겼기 때문이다.

부스럭.

바로 건너편 수풀 너머에서 뭔가 움직이는 기미를 감지한 케델론이 본능적으로 검을 뽑아 들었다.

"뭐야, 박쥐잖아?"

날개를 퍼덕이며 날아온 박쥐 한 마리가 그의 맞은편 나무 주위를 빙빙 돌더니, 나뭇가지에 거꾸로 매달렸다.

"휴우, 간 떨어지는 줄 알았네."

케델론은 검집 안에 검을 도로 집어넣고선 여송연을 깊게 빨았다.

"근처에 동굴이라도 있나? 왜 하필이면 박쥐가… 잠깐."

그는 아까 떨어뜨렸던 문서를 집어 들고선 초상화 아래에 적힌 듀란의 정보를 재차 확인했다. 흡혈귀의 코어를 이식받았다는 문구를 본 그의 손은 미세하게 경련했다.

박쥐로 변신하는 능력은 흡혈귀의 힘 중 하나. 그리고 박쥐로 변할 수 있을 정도라면 코어의 힘을 상당히 발휘할 수 있다는 이야기이기도 하다.

"에이, 설마."

　그냥 이 근방 어디엔가 있을 동굴에서 나온 박쥐라 스스로를 설득했지만, 나뭇가지에 매달린 채로 자신을 바라보는 박쥐가 점점 두려워지기 시작했다. 여송연 끝에서 떨어진 재가 바람에 흩날려 두르고 있던 망토에 묻었지만, 털어낼 생각조차 하지 못했다.

"어이, 너희들! 이리로 와봐라."

　케델론은 그와 동행한 하이브리드 두 명을 불렀지만, 대답은 돌아오지 않았다.

"피, 피터슨? 피터슨 맞던가? 피터슨, 당장 돌아와라!"

　그들 중 한 명의 이름을 외쳤지만 여전히 반응은 없었다.

"내가 화내서 그런 거냐? 사, 사과할 테니 지금이라도 빨리 오라고!"

　자리에서 벌떡 일어선 케델론이 목소리를 높이더니 주변을 둘러봤다. 높게 자라난 나무 사이로 들어온 빛이 구름이 끼면서 서서히 사라졌다.

"아, 젠장. 이게 뭐야. 갑자기 호출당한 것도 짜증 나는데……."

애써 침착함을 유지하려고 숨을 깊게 내쉬었지만, 여송연을 쥐고 있는 오른손이 경련하기 시작했다.

그런 그의 등 뒤로 누군가가 천천히 접근해 왔다. 그러나 케델론은 하이브리드들을 찾으며 소리만 지를 뿐이었다.

방금 전까지 맞은편 나뭇가지에 거꾸로 매달려 있던 박쥐가 더 이상 보이지 않는다는 것도 알아채지 못한 채.

*　　　*　　　*

"비명 소리야."

"또?"

"벌써 세 번째인데. 게다가 점점 더 가까운 곳에서 들리고 있어."

우거진 숲 곳곳에 자리 잡은 어둠을 통해, 멀리서 누군가의 비명 소리가 전달되어 크루겐의 귓가에 울렸다.

둘은 체이더를 향해 고개를 돌렸다. 그는 여전히 바위에 주 저앉은 채로 졸았다 깨기를 반복했다.

"아무래도 듀란의 짓 같은데, 어떻게 할까? 녀석이 여기에 올 때까지 기다릴까?"

"우선은 우리가 누구인지 알아보게 해야 해. 그쪽에서 먼 저 기습해 온다면 대화조차 시도하지 못하고 피를 볼 가능성이 커."

"하긴, 듀란이라면 강하겠지. 이거 골치 아프네. 이렇게 된 이상, 우리끼리라도 먼저 가서 듀란을 찾아보자. 저 기사는 놔두고. 아무리 봐도 움직일 기미조차 안 보이잖아."

크루겐의 제안에 그레인은 고개를 끄덕거렸다.

바로 그때, 혼자서 쉬고 있던 체이더가 기지개를 켜며 그들 쪽으로 터벅터벅 걸어왔다.

"으으… 심심해 죽겠군."

아무래도 혼자 쉬고 있는 것마저 지루해진 그는 둘과 수다나 떨며 남은 시간을 보낼 작정이었다.

"으음? 너희들 뭐 하냐? 무기는 왜 뽑아 들었어?"

체이더는 그레인과 크루겐을 가리키며 의아해하는 표정을 지었다.

"혹시 비명 소리 못 들었나요?"

"비명? 나는 아무 소리도 못 들었는데?"

"아, 전 멀리서 난 소리도 들려서 말이죠……."

"그런 능력도 있냐? 확실한 거겠지?"

체이더는 귀찮다는 티를 팍팍 내며 허리에 찬 검의 자루를 어루만졌다.

"설마 동료들이 당했을 리는 없겠고, 그 탈주자를 잡은 거 겠지?"

＊　　　＊　　　＊

"이미 죽었어."

크루겐은 고개를 가로저으며 쓰러져 있는 하이브리드의 두 눈을 감겨주었다.

"그레인, 그쪽은?"

"마찬가지다."

그레인은 바위 옆에 주저앉아 있는 시체를 가리켰다.

한쪽은 가슴 정가운데를, 다른 한쪽은 검으로 목 뒤를 꿰뚫렸다. 특이하게도 둘 다 깊은 상처를 입었음에도 핏자국이 전혀 남지 않았다.

아니, 핏자국뿐만 아니라 피의 흔적 자체를 주변에서 전혀 찾아볼 수 없었다. 흡혈귀의 능력 중 핵심인 '흡혈'이 완벽하게 구현되었다는 증거였다.

"말도 안 돼……. 케델론, 네가 이렇게……."

이른 아침, 갑작스러운 소집에 같이 투덜대던 동료의 시체를 앞에 두고 체이더는 망연자실했다.

둘은 하던 말을 멈추고 체이더를 멀리서 바라만 봤다. 괜히 어설프게 말이라도 걸었다간 동료의 죽음으로 슬퍼하는 그의 분노가 누굴 향할지 뻔했기 때문이다.

"피 냄새?"

순간 크루겐이 주변을 두리번거리더니 급하게 아래를 가리켰다. 새빨간 핏줄기가 지면을 타고 여러 줄기로 나뉘어 세 명이 서 있는 땅바닥을 뒤덮었다.

"이건… 귀를 막아! 그리고 피해!"

그레인은 바로 발밑까지 다가온 핏줄기로부터 급히 물러서더니 외쳤다. 크루겐은 잽싸게 양쪽 귀를 틀어막더니 어둠 속으로 사라졌다.

콰아앙!

엄청난 폭발음과 함께 그레인의 시야가 위아래로 크게 흔들렸다. 그레인이 스스로를 보호하기 위해 구현한 오각의 얼음벽에 금이 쫙쫙 가 있었다.

"크윽……."

그레인은 얼음벽에 등을 기대고서 양쪽 귀에서 손을 뗐다. 예전 생에 적으로 만났던, 흡혈귀의 코어를 이식받았던 하이브리드가 썼던 기술을 떠올린 덕분에 위기에서 벗어날 수 있었다.

"커헉……."

그러나 모두에게 해당하는 이야기는 아니었다.

등 뒤에서 검을 찔린 체이더의 입에서 신음이 흘러나왔다. 상처에서 배어난 피는 체이더의 몸을 타고 아래로 흐르지 않고, 검을 통해 그를 찌른 '누군가'의 몸 안으로 빠르게 스며들어 갔다. 혈관을 타고 빨려들어 가는 피가 습격자의 새하얀 피부 안쪽에서 고스란히 드러났다.

20대 초반으로 보이는 습격자는 체이더의 어깨를 붙잡고선 그를 방패 삼아 그레인 쪽으로 돌렸다. 피가 흡수되면 흡수될수록 어깨까지 내려오는 머리카락과 눈동자의 적색이 더욱 짙어졌다.

'듀란이 맞군.'

그레인은 습격자의 정체를 파악하고선 떨어뜨렸던 트윈 엣지를 주워 들었다. 머리색과 눈동자색이 예전과 달랐지만, 그레인의 기억 속의 듀란이 분명했다.

"이런 애송이에게… 내가 당할 리가… 없는데……."

털썩.

힘을 잃은 체이더가 앞으로 풀썩 쓰러졌다. 그는 마지막까지 자신의 오판을 인정하지 않고 숨을 거뒀다.

듀란은 체이더의 시체를 밀어서 쓰러뜨린 후 검을 내밀었다. 그는 그레인 쪽을 주시하면서도, 눈동자를 이리저리 굴리며 어둠 속으로 숨어들어 간 크루겐을 찾고 있었다.

'방심하지 않는 성격은 여전하군. 그런데 날 알아보지 못하는 것 같으니 가까이 접근해야겠어.'

그러기 위해선 우선 발을 묶을 필요가 있었다.

휘이잉!

차가운 냉기가 지면을 타고 뻗어나갔고, 듀란의 두 발이 지면과 함께 순식간에 얼음으로 뒤덮였다.

"듀란! 날 모르겠나?"

가까이 다가왔음에도 공격하지 않고 자신의 이름을 외치는 그레인의 행동에 듀란은 움찔거렸다.

"나다! 그레인이야! 결사대의 99번째 대원이라고!"

그레인은 자신을 가리키며 이름과 코드네임을 밝혔다. 그러나 이제까지 그를 단번에 알아챈 다른 결사대원들과 달리, 듀란은 인상만 쓰고 있을 뿐이었다.

"듀란, 우리들을 모르겠어?"

"……."

"나는 모른다고 쳐도 그레인까지 잊어버렸어? 99호! 99호잖아! 모르겠어?"

어둠 속에 숨어 있다가 모습을 드러낸 크루겐 역시 자신들을 알아봐 주길 호소했지만, 듀란은 침묵을 지키며 상황을 지켜볼 뿐이었다.

막상 둘이 공격할 기미를 보이지 않자 듀란의 눈동자가 핏빛을 머금더니 몸 전체가 희미해졌다.

"듀란?"

"그레인, 저쪽이야!"

크루겐이 동쪽을 가리켰지만, 이미 때는 늦었다. 박쥐로 변한 듀란이 얼음에서 벗어나 수풀 너머로 도망쳤다. 둘은 급히 듀란이 사라진 방향을 바라보며 거칠어진 호흡을 가다듬었다.

"크루겐, 정말 저 녀석이 듀란 맞아?"

"내 기억이 틀리지 않는 한 분명해."

"하지만 날 전혀 알아보지 못했어. 결사대에 대해서도 전혀 반응하지 않았고."

"듀란은 마지막 30인에 분명히 끼어 있었어. 아딜나처럼 회귀 전 기억이 소멸한 경우는 절대 아니야. 애초에 도망자 신세였으니 배신했다고 여기긴 어렵고. 그렇다면……."

"짐작되는 거라도 있어?"

"아마도 내 추측이지만… 아니, 추측이 아니라 확실한 것 같지만……."

크루겐은 이제까지 겪지 못했던 가정이 현실로 다가왔음을 인정하고 말을 이어나갔다.

"지금의 저 녀석은 아직 회귀 이전 같아. 그렇다면 우리들을 기억하지 못하는 것도 당연해."

"이런……."

*   *   *

결사대의 대장 맥스가 시전한 시간 회귀술로 30명의 생존자는 예전 생의 기억을 지니고 과거로 돌아갔다.

하지만 모두 같은 시간대로 회귀하지 않았고, 그로 인해 현재 시점으로 회귀한 자들과 그렇지 않은 자들의 기억은 차이가 날 수밖에 없었다.

"이런 경우를 미리 예측했어야 했는데, 젠장, 너무 방심했어."

아딜나를 제외하고 이제까지 만난 결사대원 모두 '회귀한' 상태였기에, 이번에도 당연히 그럴 거라 낙관했던 크루겐은 어금니를 질끈 깨물었다.

"아무리 우리들이 동료였다고 설명해 봤자 알아듣지도 못할 텐데. 어떻게 하지?"

"기억상실증일 가능성은?"

"그거나 이거나, 우리들을 기억할 수 없다는 점에서 마찬가지 결과야. 제길……."

차라리 듀란이 이대로 도망쳐서, 회귀한 상태에서 나중에 다시 만난다면 모를까.

지금의 듀란을 설득할 방법은 현재로선 전무했다.

"그레인, 어떻게 할까? 계속 쫓을까, 아니면 그냥 포기할까?"

"잘 모르겠군."

"만약 듀란이 다시 돌아온다면, 고전을 각오해야 할 거야. 그 녀석, 내가 어둠 속에 숨어서 움직이는데도 내 쪽을 빤히 바라봤거든."

"전력을 다한다면 우리들이 죽지는 않겠지. 하지만 듀란을 죽여야 할지도 모른다."

결국 둘이 택할 수 있는 최선의 방법은, 듀란을 죽이지 않는 아슬아슬한 선까지의 힘을 발휘해 제압한 뒤 그를 어떻게든 설득해 보는 것뿐이었다. 물론 자신들의 목숨도 보존한 채로.

"아무튼 크루겐, 흡혈귀를 상대로는 절대 상처를 입지 마라. 옛이야기에서 나오는 것처럼 송곳니로 물어서 흡혈하는 흡혈귀가 아니야. 상처만 있으면, 멀리서도 피를 빨아들일 수 있는 능력을 예전에 겪은 적이 있어."

체이더까지 포함해 네 구의 시체를 바라보는 크루겐의 표정은 밝지 않았다.

"그것참 어려운 조건이네."

"어쩔 수 없어. 옛날이라면 좀 더 쉽게 상대했겠지만……."

예전 생의 그레인이 흡혈귀의 힘을 지닌 하이브리드를 상대할 때는, 화염의 힘으로 전장에 흩뿌려진 피를 모조리 태워버려 아예 흡혈하지 못하게 만들었다.

하지만 지금은 냉기의 힘이고, 그때는 상대를 무조건 죽이려는 의도로 싸웠지, 지금과는 달랐다.

무엇보다 상대를 죽이는 것보다 살려둔 채로 제압하는 게 훨씬 더 어렵다. 시간을 들여가며 체력을 고갈시키는 방법이 최선이지만, 상대가 지닌 힘과 상성이 안 좋은 방식이기에 어떻게든 단기에 끝내야 한다.

"그레인, 그 흡혈귀의 힘은 흡혈이나 박쥐로 변하는 것 말고 또 어떤 게 있……."

"피해!"

그레인은 뭔가를 느끼고 몸을 숙이더니 옆으로 굴렸다. 크루겐은 그레인과 반대 방향으로 급하게 몸을 피했다.

급하게 자세를 바로 잡고 일어선 그레인의 시야에 듀란이 들어왔다. 그들을 노리고 다시 돌아온 듀란의 검 끝에 핏방울이 뚝뚝 떨어졌다.

"으으… 미안, 한 방 먹었어."

크루겐이 왼손에 쥐고 있던 단검이 미끄러지듯 땅바닥에 툭 떨어졌다. 그는 왼쪽 어깨를 움켜쥐며 인상을 썼다.

＊　　　　＊　　　　＊

"헉, 헉……."

그레인의 입에서 거친 숨소리가 흘러나왔다.

"듀란이… 이렇게나 강했나?"

크루겐 역시 지치기는 마찬가지였다. 그는 이마의 땀을 손등으로 훔쳤다.

예전 결사대에 있었을 땐 듬직한 아군이었지만, 지금은 회귀 이후 적으로 만난 그 어떤 이보다 강하고 까다로운 상대였다.

짙은 구름이 낀 하늘 때문에 숲은 더욱 어두워졌고, 그레인과 크루겐은 서로 등을 맞댄 자세에서 듀란이 다시 나타나기만을 기다렸다.

언제, 그리고 어디서 듀란의 공격이 시작될지 모른다는 긴장감 때문일까. 각자의 몸에서 흘러나오는 땀은 쉽사리 멈추지 않았다.

"이대로 가면 안 되는데⋯⋯."

10분 넘게 지속된 듀란과의 공방전은 점점 두 소년에게 불리해져만 갔다.

그레인은 옆구리에 경상을 입었고, 크루겐은 맨 처음 공격당한 왼쪽 어깨 탓에 단검을 하나밖에 쓸 수 없었다. 게다가 흡혈로 적지 않은 양의 피까지 듀란에게 흡수당한 상태였다.

단지 손을 뻗는 것만으로도 일정 거리 내에 있는 상처에서 피를 빨아들일 수 있는 능력, 흡혈.

그걸 막기 위해 급하게 지혈하려고 해도, 그 틈을 노려 공격해 오는 탓에 피가 계속 흘러내리는 상처를 방치할 수밖에 없었다. 게다가 듀란은 모습을 감춘 상태에선 흡혈을 중지하며 절대 자신의 위치를 먼저 알려주지 않았다.

"이러다간 우리들이 정말로 당할지도⋯ 모르겠네."

크루겐이 웃음기가 사라진 얼굴로 말했고, 그레인은 어떻게 해야 이 위기에서 벗어날 수 있을지 머리를 굴렸다.

박쥐로 변해 날아가면서 어둠 속으로 사라진 듀란이 언제 다시 공격해 올지 모르는 상황.

게다가 이전까지의 어둠은 크루겐 편이었지만, 이번에는 듀란의 무대이기도 했다. 어둠 속에서 움직이는 모든 걸 알아챌 수 있는 크루겐의 감각이지만, 똑같이 어둠 속에 숨을 수 있는 듀란의 움직임은 감지하기 힘들었다.

"크윽!"

단검으로 공격을 막아내려던 크루겐의 입에서 신음이 흘러나왔다.

어둠 속에 숨어 있던 듀란의 검이 이번에는 그의 오른쪽 어깨를 깊숙이 찔렀다. 그러나 크루겐은 고통을 참으며 듀란의 검을 왼손으로 움켜쥐었고, 그로 인해 생긴 짧은 틈을 그레인은 놓치지 않았다.

"크루겐, 몸을 숙여!"

휘이잉!

냉기가 듀란의 발이 아닌 무릎 위까지 얼려 버렸고, 그레인은 한 쌍의 단검 트윈 엣지를 번갈아 가며 던졌다. 크게 반원을 그린 손목의 움직임에 따라 단검과 이어져 있는 와이어가 듀란의 목에 칭칭 감았다.

"죽고 싶지 않으면 움직이지 마라!"

그레인은 두 개의 와이어를 움켜쥔 채로 듀란과의 거리를 벌렸다. 크루겐은 피투성이가 된 왼손을 꽉 쥐고서 그레인 옆으로 급히 이동했다.

"글쎄?"

처음으로 입을 연 듀란의 목소리에서 여유가 느껴졌다.

"아까도 느꼈지만, 너희들은… 날 죽일 생각이 없어 보이는데?"

상대의 의도를 파악한 듀란의 눈동자가 더욱 붉어졌다.

듀란은 아까처럼 박쥐로 변해 얼음에서 벗어나 위로 날아올랐고, 그레인은 아래로 툭 떨어진 트윈 엣지를 급히 회수하면서 왼손을 펼쳤다.

손바닥 위에 형성된 날카로운 얼음 창을 날리려던 그레인은 혹시라도 듀란에게 치명상을 입힐까 봐 망설였고, 그사이 듀란은 시야에서 완전히 사라졌다.

그레인은 치켜들었던 고개를 내리면서 급히 좌우를 훑어봤다.

"뒤야!"

크루겐의 외침에 그레인이 검을 뽑아 들고 등 쪽을 향해 크게 휘두르자, 듀란은 공격을 피해 뒤로 뛰어오르며 오른팔을 앞으로 뻗었다.

크루겐의 몸에서 흘러나온 피가 듀란에게 흡수되기 직전,

그레인은 반사적으로 주위에 냉기를 뿜어냈다. 순식간에 액체가 아닌 고체로 변한 핏덩어리가 땅바닥에 후드득 떨어졌다.

"아⋯⋯."

뭔가를 깨달은 크루겐은 허리의 상처에 왼손을 가져갔다. 상처 위를 얼음이 감싸면서 계속되던 출혈이 멈췄다.

"그래, 이거였어!"

지금 적으로 상대하는 듀란이 과거 흡혈귀의 힘에 대처했을 때 쓰던 방법.

그것은 상처 부위를 아예 얼음으로 둘러싸 흡혈 자체를 막고, 흡수되려는 피를 얼려서 고체로 만드는 방법이었다.

"크루겐, 이쪽으로 와!"

그렇다면 우선적으로 해야 할 일은 자신보다 중상을 입은 크루겐을 지혈시키는 일이었다.

그레인은 오른팔을 크루겐을 향해 뻗었고, 크루겐은 듀란의 공격을 피하며 그를 향해 달려갔다.

"크헉!"

크루겐의 입에서 뿜어져 나온 피가 그레인의 시야를 붉게 물들였다.

"크루겐!"

크루겐의 등에 꽂힌 검.

그의 몸에서 검을 빼내면서 급히 어둠 속으로 사라진 듀란.

그리고 크루겐의 이름을 외치는 그레인.

모든 것이 믿기지 않았고, 있어서는 안 되는 일이었다.

"조, 조금만 참아!"

그레인은 크루겐을 부축하더니 즉시 얼음벽으로 주위를 둘러쌌다. 그리고 아까 자신에게 했던 것처럼 크루겐의 상처 위를 얼음으로 감싸려고 했다.

"크루겐?"

등쪽의 상처를 손보려던 그레인의 목소리가 낮게 가라앉았다.

크루겐의 몸에서 어두운 기운이 흘러나오더니 그의 전신을 뒤덮었다.

잠시 후, 어둠의 기운이 사라지면서 출혈은 멈췄다. 그러나 크루겐의 몸은 마치 시체처럼 움직이지 않았다.

"너, 설마……."

혹시나 하는 마음에 그레인은 크루겐의 머플러 안쪽에 손을 집어넣더니 목을 집었다. 그리고 뒤이어 손목의 맥을 짚어봤다.

당연히 느껴져야 할 맥박이 조금도 느껴지지 않았다.

"안 돼… 이럴 수는 없어!"

그레인은 크루겐의 멱살을 붙잡고 흔들었지만 힘없이 아래로 늘어진 그의 머리가 흔들거릴 뿐이었다.

더 이상 숨 쉬지 않는 눈앞의 크루겐이 그레인에게는 환상처럼 보였다.

회귀 직전, 치명상을 입었음에도 끝까지 버텨서 회귀에 성공한 크루겐이 이런 식으로 끝날 줄은 상상도 하지 못했다.

다시 한번 크루겐의 목에 손을 가져갔지만 마찬가지였고, 등의 상처에서 흘러나왔던 피가 바닥을 축축하게 적실 뿐이었다.

그레인이 망연자실하는 사이 둘을 보호하던 얼음벽이 녹아내려 땅속으로 사라졌다.

그러자 어둠 속에서 모습을 드러낸 듀란이 그레인과 거리를 유지한 채 손을 뻗어 흡혈을 시도했다.

바로 그 순간.

그레인의 의지와 상관없이 사방으로 퍼져 나간 냉기가 일대를 서서히 얼리기 시작했다. 듀란에게 끌려가듯 이동하던 핏방울이 꽁꽁 얼어붙어 땅바닥에 고정되었다.

"으윽!"

박쥐로 변해 도망치려던 듀란의 어깨를 날카로운 얼음 창이 관통했다. 하체가 얼어붙어 땅에 고정된 듀란은 다시 한번 도망치려 했지만, 이번에는 두 번째 얼음 창이 그의 옆구리를 스치고 지나갔다.

"아까 말했었지? 우리들은 널 죽일 생각이 없어 보인다고."

그레인은 듀란에게 등을 돌린 채로 천천히 몸을 일으켰다.

"그래, 그랬었지."

그레인이 양손에 움켜쥔 트윈 엣지의 검신 위로 날카로운 서릿발이 돋아났다.

"방금 전까지는 말이다."

휘이잉.

그레인의 목소리가 낮게 깔리면서 차가운 바람이 일대에 휘몰아쳤다.

*　　　*　　　*

캉! 카앙!

그레인과 듀란의 무기가 서로 맞부딪히는 소리가 서로의 거친 호흡 사이에 울려 퍼졌다.

"으윽……."

듀란의 입에서 신음이 흘러나오며 그의 검이 뒤로 밀렸다. 반면 그레인은 트윈 엣지를 움켜쥔 검 자루에 힘을 주며 그를 더욱 밀어붙였다.

아까와는 달리 시간이 흐르면 흐를수록 듀란 쪽이 열세로 몰렸다. 그레인은 더 이상 듀란을 설득하려 하지 않고 진심으로 죽이려고 달려들었다. 듀란은 그런 그레인의 공격을 막아내기에 급급할 뿐이었다. 반격을 가해도, 그레인은 몸에 난 상처를 즉시 얼음으로 감싸면서 흡혈의 여지조차 주지 않았다.

"피가 필요하겠지."

카앙!

"하지만 더 이상 한 방울의 피도 빨아들이지 못하게 하겠다."

그레인이 손목을 비틀며 듀란의 검을 튕겨냈다. 무기가 서로 맞닿은 순간, 듀란의 검으로 흘러들어 간 냉기가 그의 손을 차갑게 얼렸다. 둘이 결전을 치르는 내내 흘러나온 피가 나무와 풀 위를 축축하게 적셨지만, 듀란은 흡혈을 시도할 기회조차 얻지 못했다.

흡혈귀의 힘은 마나가 아닌 피 그 자체를 소모한다. 그렇기에 지속적인 흡혈 없이는 듀란은 하이브리드의 힘을 발휘하기 힘들다.

'너무 늦게 깨달았어, 나는.'

예전에 당연히 알고 있던 사실을 크루겐이 죽은 뒤에야 하나씩 깨달은 자기 자신이 그레인은 원망스럽기만 했다.

"크윽!"

지면에서 비스듬히 솟아오른 얼음 창이 듀란의 오른쪽 허벅지를 관통했다.

"이제 시작일 뿐이다."

담담한 어조로 말한 그레인은 왼손을 땅바닥에 가져갔다.

"으아악!"

듀란의 입에서 비명이 터져 나오며 핏방울이 사방으로 튀었다.

연이어 땅속에서 솟아난 얼음 창들이 듀란의 왼쪽 발목, 복부, 등, 옆구리, 그리고 오른쪽 어깨를 차례대로 관통했다.

듀란을 둘러싼 여섯 개의 얼음 창이 지면에 그린 도형은 정확한 육각형이었다.

"정말로 끈질긴 생명력이로군."

보통 인간이었다면 처음 공격으로도 치명상이었겠지만, 듀란은 힘겹게나마 호흡을 이어나갔다.

"하지만 불멸은 아니지. 잠재 기술도 쓸 줄 모르고."

예전 흡혈귀의 힘을 쓰던 적이 사용하던 잠재 기술, 핏빛 안개를 듀란은 싸우던 도중 단 한 번도 쓰지 않았다. 아니, 애초에 쓸 줄을 몰랐다.

아직 흡혈귀의 힘을 완벽히 쓰지 못한다는 증거였다.

"어디 그 잘난 흡혈 능력으로 다시 회복해 보시지."

그레인이 단검이 아닌 장검을 꺼내 들더니, 서로 교차하는 대각선을 그리며 크게 두 번 휘둘렀다. 그레인은 검을 옆으로 휘두르며 검날에 묻은 피를 털어냈고, 잘려 나간 듀란의 두 팔이 아래로 툭 떨어졌다.

"크윽……."

"싫다고? 그렇다면 내가 숨을 거둬주도록 하지."

그레인은 장검을 옆으로 휙 내던지더니 각각 역수로 쥔 트윈 엣지의 검날을 서로 교차시킨 상태에서 듀란의 목에 가져갔다.

"아니, 이것보다는……"

하지만 생각을 바꿔 검날을 도로 거뒀다.

휘리릭!

트윈 엣지에 달린 와이어가 듀란의 목을 칭칭 감았고, 와이어 끝의 트윈 엣지가 그의 심장에 번갈아 가며 박혔다.

"이번에는 확실히 끝내주겠다."

냉기가 와이어 전체에 퍼져 나갔고, 날카로운 서릿발이 와이어 위로 돋아나면서 프로스트 엣지가 발동되기 직전이었다.

바로 그때, 짙은 어둠이 그레인 주위를 순식간에 뒤덮었다. 그레인은 자신도 모르게 냉기를 거뒀고, 아무것도 보이지 않는 어둠 속에서 당황했다.

어둠이 사라지자, 그레인은 자신의 두 눈을 믿을 수 없었다. 분명히 숨을 거뒀던 크루겐의 손가락 끝이 꿈틀거렸다.

"크루겐?"

"으윽……"

이번에는 신음 소리가 크루겐의 살짝 벌린 입에서 흘러나왔다. 그레인은 트윈 엣지를 내동댕이치고 크루겐을 향해 달려갔다.

"크루겐!"

"그레인, 너무 흥분한 거… 아냐?"

천천히 몸을 일으키는 크루겐을 그레인은 황급히 눈을 비비고 다시 봤다.

환상이 아니었다. 멀쩡히 살아 있는 크루겐이 그의 시야 정가운데 서 있었다.

"너……."

"왜 그래? 마치 죽었다가 살아난 사람을 보는 것 같잖아."

"살아 있었어?"

"그건 나도 잘 모르겠어. 시야가 완전히 어두워지더니… 아무튼 지금은 살아 있어."

크루겐은 목을 빙빙 돌리며 그레인을 향해 터벅터벅 걸어왔다.

"하지만 분명히 맥박이 없었는데……."

그레인은 자신의 눈을 믿을 수 없었다. 그는 듀란과 크루겐을 번갈아 가며 쳐다보며 어찌할 줄 몰랐다.

"그레인, 날 보라고. 이래도 못 믿겠어? 난 멀쩡하다니까."

크루겐은 그레인의 얼굴을 양손으로 꽉 붙들면서 그의 시선을 자신에게 고정시켰다.

"환상은… 아니겠지?"

"나 원 참, 사람 말 그렇게 못 믿냐? 직접 만져보든가."

그레인의 오른손이 부들부들 떨면서 크루겐의 목을 향해 다가갔다. 이전과 달리 맥이 확실히 감지되었고 체온도 느껴졌다.

"와, 너 진짜 눈빛 한번 애절하다. 내가 그렇게 걱정되었어?"

"……"

그레인은 천천히 손을 아래로 내려 듀란의 검이 꿰뚫었던 크루겐의 가슴을 더듬었다.

가죽 갑옷을 뚫고 나온 흔적은 남아 있었지만, 그 안쪽에 당연히 있어야 할 검상이 흔적도 없이 사라져 있었다.

"너, 분명히 가슴에 치명상을 입고……"

"잘은 모르겠지만, 나에게 이식된 코어의 잠재 기술이 아닐까? 무슨 소리가 들린 것 같기도 한데… 아무튼 지금 이런 말 주고받을 때가 아니야."

크루겐은 그레인 어깨 너머로 고개만 빼꼼 내밀어 듀란 쪽을 살펴봤다. 여섯 개의 얼음 창으로 꿰뚫어 고정시켜 둔 덕분에 듀란은 더 이상 반항하거나 움직일 처지가 아니었다.

"아니, 이런 말 주고받아도 되겠네. 끄응, 왠지 손해 본 기분이야. 이 정도로 끈질긴 목숨인 줄 알았다면 좀 더 강하게 나왔어도 됐을 텐데. 괜히 쓸데없이 힘만 뺐잖아."

크루겐은 듀란의 주위를 천천히 돌면서 턱을 매만졌다. 자신을 거의 죽일 뻔했던 상대를 앞에 두고도 그의 태도는 평소와 다를 바 없었다.

"그런데 어떻게 할까? 우리들을 기억하지 못하니 설득은 여전히 무리겠고……."

"너, 아직도 듀란을 설득할 생각이야?"

듀란을 노려보는 그레인의 눈매는 매서웠다. 크루겐이 살아 있다는 현실 자체는 받아들였지만, 듀란에 대한 분노가 완전히 사그라진 건 결코 아니었다.

"이 녀석은 널 죽였어. 아니, 죽이려고 했다."

"나 때문에 흥분했던 건 이해하는데, 그래도 원래 목적은 잊지 말자. 이 녀석 죽여봤자 분풀이밖에 안 돼. 이왕 고생했으니 그만큼의 성과를 뭔가 얻어야 하지 않겠어?"

크루겐의 냉정한 지적에 그레인은 분노를 천천히 거뒀다.

문제는 이렇게 붙잡는 것까진 성공했지만 회귀 전의 기억을 아직 되찾지 못한 듀란을 설득할 방법이 여전히 떠오르지 않았다.

"휴우, 아무튼 앞으로 몸 좀 사려야겠다. 어둠의 힘이 아니었으면 진짜 죽을 뻔했으니까."

"어둠의 힘이라… 잠깐."

예전, 아딜나와 재회했을 때 크루겐이 썼던 능력이 그레인의 뇌리를 스치고 지나갔다.

"나에게 좋은 생각이 있어. 네 기술, 악몽을 응용할 수 있을까?"

"어떻게?"

그레인은 듀란 쪽을 한 번 쓱 쳐다보더니 크루겐과 귓속말을 주고받았다.

"어, 그런 식으로도 쓸 수 있겠네?"

"가능하겠어?"

"우선 주위에 누군가 다가오나 확인 좀 해야겠어. 아무래도 시간이 좀 걸릴 것 같거든."

어둠 속으로 모습을 감춘 크루겐이 빠르게 주위를 살폈다. 다행히도 다른 수색조나 병사들의 움직임은 그가 확인할 수 있는 범위 내에선 감지되지 않았다.

"좋아, 되든 안 되든 우선 해볼게. 너무 기대는 걸지 말고."

크루겐은 깍지 낀 양손을 앞으로 내밀며 몸을 풀더니 듀란의 등 뒤에 멈춰 섰다.

"미안하지만, 괴로워도 좀 참아봐."

말을 마치자마자 크루겐의 몸이 어둠 속에 녹아들었다.

그와 동시에 듀란의 머리카락과 눈동자가 어둠과 똑같은 색으로 바뀌었다.

"이… 이건……."

듀란은 당황하며 고개를 이리저리 돌렸다. 하지만 그의 시야에는 숲 대신 크루겐이 보여주는 '끔찍한 과거'가 순차적으로 펼쳐졌다.

"으아아악!"

              *   *   *

30여 분 후.

'악몽'을 마친 크루겐이 나무에 등을 기댄 채 거칠게 숨을
내쉬었다.

"헉헉… 처음부터 이 방법을 쓸 걸 그랬나?"

크루겐은 머플러 끝을 잡고 이마에 흐르는 땀을 닦아냈다.
하지만 아무리 닦아내도 땀은 멈추지 않았다.

"성공했어?"

"그건 두고 봐야 알겠지. 휴우, 숨 좀 돌리자."

그레인의 말대로 하긴 했지만, 과연 듀란을 설득시킬 수 있
을지는 반신반의였다.

"아, 그레인, 이제 저것들 빼내도 되지 않아?"

크루겐이 듀란의 몸을 꿰뚫고 있는 얼음 창들을 가리키자,
그레인은 냉기를 거두며 얼음 창들을 모두 소멸시켰다.

"크윽!"

듀란은 실이 끊어진 마리오네트처럼 휘청거리더니 두 무릎
을 꿇었다. 주변에 흥건한 핏자국이 두 팔이 잘려 나간 양쪽
어깨 아래로 모여들었고, 피가 휘몰아치면서 팔이 원래대로

재생되었다.

"너희들은······."

힘겹게 왼쪽 무릎을 세운 듀란이 그레인과 크루겐을 번갈아 가며 쳐다봤다.

설득에 실패했을 만약의 경우를 대비해 그레인의 양손은 트윈 엣지를 강하게 움켜쥐었다.

"너희들은 도대체 누구지? 아니, 그것보다······."

듀란은 급하게 고개를 가로저으며 질문을 바꿨다.

"말해줘······. 왜 내가 너의 기억 속에 있는 것이지? 내가 모르는 '내'가 왜 너의 머릿속에 있냐고!"

상식적으로 맞지 않는 일이었기에 환상이라 넘기려고 했다.

하지만 환상이라 치부하기에는, 크루겐이 어둠 속에서 보여준 장면들이 너무나 자연스럽게 이어졌다.

"우리들이 같은 편이었고, 그리고 과거로 돌아가게 된다고? 도대체 나에게 무슨 의도로 그런 모습들을 보여준 거지?"

크루겐은 회귀하기 전까지 기억하고 있던 듀란에 대한 기억을 그의 머리에 억지로 주입했다.

이는 항상 선두에 서서 활약했던 그레인을 크루겐이 바라봤던 것처럼, 듀란 역시 크루겐 입장에선 바라만 봐야 했던 존재였기 때문이다.

"뭐가 뭔지 알 수가 없어······. 무엇이 진실이고 환상인지 구별이 안 가."

자신 말고 다른 동료들의 과거까지 주입당한 듀란의 머릿속은 혼돈 그 자체였다.

대장 맥스 아래 하나하나 모인 동료들.

자신들을 얽매려던 교단과의 혈투.

그리고 패배 후 마지막 회귀 직전까지……. 크루겐의 시점으로 봤던 예전 생의 모습들이 순차적으로 이어졌다. 거짓으로 만든 상념이라고 보기에 너무나 자연스러웠기에 듀란 혼자서 뭐라 판단을 내리기엔 무리였다.

"다시 한번 물어보겠다. 너희들은 누구지? 그리고 나는 누구지? 그리고… 왜 날 죽이지 않았지?"

계속 '그리고'를 반복하며, 질문만을 되풀이하는 듀란의 눈에는 지금 보이는 모든 것까지 환상이 아닐까 하는 의심이 서려 있었다.

"듀란."

크루겐이 보여준 믿을 수 없는 기억을 접한 뒤여서 그럴까. 듀란은 자신의 이름을 부르는 그레인이 남 같지 않게 여겨졌다.

"너도 알다시피, 우리들은 처음부터 널 죽일 생각이 없었다. 설득하려고 했지."

"문제는 널 평범하게 설득하기엔 무리였다는 거지. 내가 너에게 보여준 것들을 말로 구구절절 설명했다면 과연 네가 쉽게 납득했을까?"

나무에 기대어 쉬고 있던 크루겐이 둘의 대화에 끼어들었다.

"믿고 안 믿고는 너의 자유야. 솔직히 당장 믿는 쪽이 더 이상하겠지. 그러나 환상으로 널 꼬드기려고 했다면 굳이 이런 식은 아니었을 거야."

"……."

"솔직히 나도 이런 방식은 쓰기 싫었다고. 하지만 우리들이 너에게 죽거나 그 반대밖에 없어 보였잖아? 별수 없었지."

상대에게 공감할 수 없는 감정을 강요하는 건 일종의 폭력이다.

하지만 그들로선 다른 선택지가 없었다.

"너, 그레인이라고 했지?"

"맞다."

"너는 왜 화염의 힘을 쓰고 있었지?"

"그것 역시 또 하나의 진실이기 때문이다."

담담하게 대답하는 그레인을 보자, 듀란은 양손으로 머리를 붙잡고 두 눈을 질끈 감았다.

"막상 하이브리드의 힘을 정반대로 묘사해 놓다니… 정말로 혼란스러워. 정말로 너희들이 내 동료였단 말이야?"

"그것에 너무 매달리지 마라. 어차피 네가 우리들이 거쳐왔던 식으로 '기억'을 되찾게 된다면, 지금 우리들과 만났던 것 자체마저 잊어버리게 될 거다."

회귀로 인한 망각.

그것은 과거로 돌아온 이들이 반드시 겪는, 피할 수 없는 운명.

그레인은 회귀 이전의 기억을 가지고 12살의 과거로 돌아갔다. 하지만 새롭게 맞이한 12살이 되기 전까지 흘러왔던 시간에 대한 기억은 존재하지 않았다. 그건 크루겐도 마찬가지였다.

그리고 언젠가 듀란도 겪게 될 일이기도 하다.

"이번에는 우리 쪽에서 물어보겠다. 지금으로부터 5년 전, 벤트 섬의 탈주 사건에 대해 알려줄 수 있나?"

"그건……."

듀란은 대답하려다가 급히 입을 다물었다. 아직까지도 두 소년에 대한 의심이 풀린 건 아니었기에.

"이것 봐, 듀란. 원래대로라면 우리들은 널 죽여야 했다고. 그런데 그냥 널 살려두는 것으로도 모자라 정보까지 줬어. 그렇다면 이쪽에서도 이 정도는 요구할 수 있는 것 아냐?"

"날 속여서 뭘 얻어낼 작정이지?"

"그럴 작정이었다면 그냥 널 이단 심문관에게 넘기고 고문시키는 쪽이 훨씬 편하잖아. 안 그래?"

크루겐이 툴툴거리며 입술을 비죽 내밀었다. 듀란은 멋쩍은지 목 뒤로 손을 가져갔다.

"그러면 구체적으로 물어보도록 하겠다. 그 탈주자 중 맥스라는 수련생이 있었나?"

"맥스? 맥스라면… 아……."

듀란은 5년 가까이 잊고 있던 이름을 뒤늦게 떠올렸다.

"그렇군. 너희들은 이미 그에 대해 알고 있었겠군."

크루겐이 보여줬던 어둠 속의 이미지 중 하나가 듀란이 기억하고 있는 얼굴과 겹쳐졌다.

"그래, 그 녀석이 탈주를 주도했어."

"너는 제외하고?"

의아함이 담긴 그레인의 질문에 듀란은 고개를 끄덕거렸다.

"솔직히 나도 나가고 싶었지만, 아직 때가 아니라는 말을 들었어."

"맥스가 단지 그 말만 남겼나?"

"아니, 그것 말고도 여러 가지를. 저주의 잔에 대해서 알려줬고, 시련에 이기지 못하는 척하라고 충고했지. 그리고 힘을 숨기라는 말도 했다. 말하고 나니 나에게 억지로 알려준 기억에도 포함된 것들이로군."

이야기가 진행될수록 듀란은 크루겐이 보여준 환상을 조금씩이나마 사실로 받아들이기 시작했다. 반면 그레인은 맥스의 대응에 고개를 갸웃거렸다.

"왜 숨기라고 했을… 아니, 이해되었다."

다른 이들과 달리 듀란은 언제 회귀한 상태로 돌아갈지 모르는 입장.

회귀한 순간 이전까지의 기억은 사라지고, 전생의 기억이 대신 그 자리를 차지하게 된다. 그러면 그 후부터의 듀란의 행동은 어색할 수밖에 없고, 많은 이의 의구심을 사게 된다.

만약 듀란이 자신의 실력을 맘껏 발휘해 성지에 있다든가, 교단의 높은 직책을 차지한 상태였다면 문제는 더욱 커진다. 교단의 심문을 받는 선에 그치지 않고, 회귀한 이들의 정체까지 들킬 위험에 처할 수도 있다.

'맥스 나름대로의 배려였겠군.'

그레인은 홀로 고개를 끄덕거리며 납득했다. 그러나 다음에 물어볼 내용을 떠올린 순간, 그의 표정은 딱딱하게 굳어버렸다.

"맥스는… 고든을 죽였나?"

"고든이라면, 혹시 교관이었던 고든 말인가?"

"그렇다."

지금 듀란의 표정만으로도 충분히 예상이 되었다. 굳이 대답을 들을 필요는 없었다.

그래도 그레인은 아니라는 대답이 돌아오기를 바랐다.

"…그렇다."

그레인과 똑같은 단어로 대답했지만 말에 실린 무게감의 차이는 확연했다.

"벤트 섬의 교관 중 하이브리드를 가장 인간적으로 대한 자였지만… 어쩔 수 없었다. 그를 쓰러뜨리지 않으면 배에 탈 수 없는 상황이었으니까."

고든의 가슴에 검을 찔러 넣으면서 지었던, 맥스의 슬픈 표정이 듀란의 뇌리에 선명하게 떠올랐다.

'설마 고든도 듀란처럼……'

죽기 직전까지 회귀한 상태가 아니었을지 모른다는 가정으로 이어졌다.

'그렇다면 앞뒤가 맞아. 그래도 이런 식의 결말을 원치 않았는데.'

그레인이 원한 건 앞뒤가 다르더라도 가볍게 웃어넘길 수 있는 희극이었지, 원인과 결과가 딱딱 들어맞는 비극이 아니었다.

"그 외 탈주한 다른 수련생들의 행방은?"

"모른다."

"하긴, 넌 계속 벤트 섬에 남아 있었으니 알 리 없겠군."

"더 물어볼 건 없나?"

"잠시만……."

막상 탈주한 이들에 대한 이야기를 더 들을 수 없게 되자, 그레인은 뭘 물어봐야 할지 궁리했다. 그런 그의 어깨를 크루겐이 살짝 움켜쥐었다.

"그레인, 슬슬 이야기를 마쳐야 할 것 같아."

저 멀리서 다가오는 다른 수색조의 움직임을 감지한 크루겐이 오른팔로 북쪽을 가리켰다.

"그동안 힘을 억누르느라 그 반동으로 그런 것 같지만, 제대로 도망치려면 괜히 다른 인간들 건드리지 말고 조용히 튀어. 괜히 사람들 건드리면 교단의 추적만 더욱 심해질 거야."

크루겐은 종이를 꺼내 뭔가 빠르게 적더니 듀란에게 내밀었다.

"만일 우리와 같은 식으로 너를 알아보는 녀석들이 있으면 이걸 보여줘 봐."

1416, 100, 30.
99, 12, 30.

결사대원이 회귀한 년도, 카르디어스 신성력 1416년.

결사대원의 총 인원 100명. 그리고 회귀하기 직전까지 살아남았던 인원, 30명.

회귀 후 만난 그레인과 크루겐의 코드 넘버 99와 12.

그리고 듀란에게 붙여졌던, 굵은 글씨로 써진 코드 넘버 30.

"그런 일은 없어야겠지만, 만약 교단 놈들에게 붙잡히게 될 경우 그 쪽지는 어떻게든 없애 버려."

"나를 그냥 보낼 작정인가?"

"나는 너에게 보여준 기억대로 행동하는 것뿐이야. 그레인도 마찬가지고."

"널 죽이려고 했는데도?"

"죽일 뻔했으니 그런 거야. 진짜 날 죽였다면 나는 몰라도 그레인이 가만히 안 놔뒀을걸. 운 좋은 줄 알라고."

크루겐은 허리에 차고 있던 돈주머니를 집어 들더니 듀란의 손바닥에 올려놨다.

"이 정도라면 한동안 숨어 살기 어렵지는 않을 거야. 가능하면 내가 보여준 기억 속의 동료들을 찾아보도록 해."

"…고려해 보겠다."

듀란은 오른손을 아래로 뻗더니 일대를 흥건하게 적신 피를 모두 빨아들였다.

"만약 너희들이 말한 대로, 내가 진정한 기억을 되찾게 된다면……."

크루겐과 그레인을 바라보던 듀란의 시선이 아래로 이동하더니, 아직까지도 그레인의 양손에 쥐어져 있는 트윈 엣지에 멈췄다.

"너희들이 날 왜 살려 보냈는지 이해하게 되겠지?"

"글쎄? 그때가 되면 반대로 우리들과 겪었던 일 자체를 망각하게 될 거야."

아무 일도 없었다는 듯 원래의 표정으로 돌아간 크루겐은 주변을 두리번거리더니 빨리 도망치라고 손짓했다.

　"잠깐, 마지막으로 하나만 더 물어보겠다."

　그레인은 자신의 오른팔을 슥 어루만졌다. 원래 있어야 할 것이 사라진 그의 오른팔은 아직까지도 어색하게만 느껴졌다.

　"누가 화룡의 어금니를 이식받았는지 알고 있나?"

　"그건… 맥스였다."

　말을 마친 듀란이 박쥐로 변하더니 날갯짓을 하며 높이 날아올랐다.

　"역시……."

　"대장이? 하긴, 선택이 가능했다고 하니 그럴 법도 하겠네."

　두 소년이 납득하는 사이, 그대로 숲 안쪽으로 날아가려던 듀란이 돌연 방향을 틀더니 나뭇가지에 거꾸로 매달렸다.

　그는 박쥐인 상태에서 한동안 두 소년을 응시했다. 여전히 믿기 힘들고, 받아들이기 어려운 기억들이 그의 뇌리에 선명히 남아 있었다.

　"어이! 거기 누구 없나?"

　다른 수색조의 목소리가 들리자, 듀란은 날갯짓을 하며 숲 안쪽으로 모습을 감췄다. 두 소년은 박쥐로 변해 저 멀리 날아가는 듀란을 말없이 응시했다.

　　　　*　　　　　*　　　　　*

　카르디어스 신성력 1397년 9월 24일.

　아침 미사를 마친 주임 사제 크론은 짜증 섞인 표정으로 성당 뒤 별관으로 들어갔다.

　먼저 업무를 보고 있던 사제들은 그에게 인사를 하고는 다시 일에 몰두했다. 그레인과 크루겐은 탈주자의 처단을 위해 자리를 비운 상태였고, 사제 발렌은 프란디스 성의 영주를 방문하러 간 터라 별관은 평소보다 한산했다.

　"이전보다 기부금이 줄었어. 이러면 곤란한데……."

　교단 내에서 더 높은 곳으로 올라서기 위한 판단 척도 중 하나는 바로 기부금의 액수.

　미사 내내 좋은 말 속에 교묘하게 섞어놓은, 좀 더 많은 돈을 내달라는 의도를 파악하지 못한 신도들이 원망스러울 뿐이었다.

　"그레인! 크루겐!"

　크론은 화풀이라도 할 작정으로 두 소년의 이름을 불렀다. 그러나 돌아오는 대답은 없었다.

　"그놈들 어디로 갔어?"

　"주임 사제님, 그 녀석들 파견 나가지 않았습니까?"

"아직도 안 돌아왔나? 풋내기 하나 잡는 데 왜 이리 시간이 오래 걸려?"

크론은 서랍 안쪽에 집어넣었던 오른손을 빼내면서 아쉬워했다.

"그 녀석들, 잘하고 있을까요?"

그의 옆자리에 있던 사제가 조심스럽게 말을 꺼내자, 크론이 인상을 찌푸리며 책상 위의 종이를 구겼다.

"내가 왜 그런 괴물들 걱정을 해야 하나?"

"그게 아니라, 그 녀석들이 한 건 제대로 하면 주임 사제님의 평판도 오르지 않습니까? 어차피 여기는 한직이라 제대로 실력을 발휘하기가 힘드니 이번 기회에……."

"난 그런 괴물들의 도움을 받아서 위로 올라갈 생각 따윈 없다."

크론은 상대의 말을 딱 잘라 끊었다.

"단지 코어 좀 이식받았다고 강해진 괴물들이 아니꼬울 따름이다. 그런 괴물들이 고작 이런 팔찌 하나 때문에 굴복하는 모습을 보는 게 내 낙이지."

하이브리드에 대한 크론의 열등감은 생각보다 컸다.

그렇기에 그는 조금이라도 트집 잡을 기회가 생기면 하이브리드들을 괴롭혔다. 크론이 베오크 쪽을 흘낏 쳐다보자, 그의 시선을 느낀 베오크는 움찔거리며 고개를 숙였다.

"별수 없군. 저놈에게라도 기분 좀 풀어야겠다."

크론은 서랍 안의 황금색 팔찌를 손끝으로 매만지며 섬뜩한 미소를 지었다. 그가 자리에서 일어서려는 순간, 별관의 문이 열리면서 누군가가 안으로 들어왔다.

"누구십니까?"

입구 가까이에서 업무를 보던 사제가 예상하지 못한 방문객에게 다가갔다.

순간 사제는 흠칫 놀라며 한 걸음 뒤로 물러섰다. 20대로 보이는 청년의 눈빛에서 이유를 알 수 없는 적의가 강하게 느껴졌다.

"호, 혹시 기부하러 오셨습니까?"

"……"

"기부 관련 문의라면 현재 담당자가 자리를 비웠으니 연락처를 알려주신다면… 어?"

청년은 사제의 말이 끝나기를 기다리지 않고, 오른팔을 뻗어 사제의 얼굴을 감싸 쥐었다.

"으아악!"

별관 내에 울려 퍼진 비명에 책상에 앉아 있던 사제들이 일제히 일어섰다.

"사, 살려줘! 으아아악!"

불길에 얼굴이 휩싸인 사제는 바닥을 나뒹굴었다. 그렇게

강하지 않은 불길이었지만, 살갗이 서서히 타들어 가는 고통
은 마구 몸부림치게 만들기에 충분했다.

"찾아라."

"네!"

청년을 따라 들어온 3명의 사내가 검을 뽑아 들고 별관 안
으로 돌격했다.

"커헉!"

뒤늦게 무기를 뽑아 든 사제들이 사내들과 맞섰지만, 제대
로 된 공격 한번 해보지 못하고 피투성이가 되어 쓰러졌다.

화르륵!

"부, 불이… 으아악!"

청년에게 달려들었던 사제 한 명이 오른손을 움켜쥐며 비틀
거렸다. 그는 가까스로 별관 밖으로 나가 우물을 찾았지만, 고
통을 이기지 못하고 쓰러졌다. 땅바닥에 불이 붙은 오른손을
마구 비볐지만 불길은 가라앉기는커녕 서서히 커져만 갔다.

오른손에 머물고 있는 불길과 반대로, 차가운 눈으로 별관
을 둘러보는 청년.

그는 결사대의 대장이었던 맥스였다.

훗날을 기약하며 극적으로 벤트 섬을 탈출했을 때와 달리,
지금은 당당히 교단의 성당에 쳐들어왔다.

맥스의 화염에 놀란 사제들은 무기를 내팽개치더니 너 나

할 것 없이 출구 쪽으로 달려갔다. 하지만 분노가 담긴 화염은 도망치는 사제들을 뒤덮었다. 전신이 서서히 타들어 가는 고통 속에서 그들은 죽음을 향해 조금씩 다가갔다.

유일하게 베오크만이 검을 들고 맥스의 앞을 가로막았다.

"너는……."

맥스는 코어가 이식된 베오크의 왼팔을 보고 하이브리드라는 걸 알아챘다.

"결사대원이 아니로군."

그리고 기억 속의 얼굴이 아니라 실망했고, 결사대라는 말에 반응이 없음에 아쉬워하며 고개를 가로저었다.

반면 베오크의 시선은 맥스의 얼굴이 아닌 그의 오른팔에 머물러 있었다.

"설마 하이브리드?"

팔꿈치 바깥쪽으로 튀어나온 '그것'은 아무리 봐도 평범한 인간의 것은 아니었다.

"난 굳이 하이브리드까지 죽이고 싶지 않다. 물러서라."

맥스는 왼쪽으로 한 걸음 이동하면서 출구로 향하는 길을 터주었다. 그러나 베오크는 맥스 쪽으로 몸을 돌리면서 검 자루를 쥔 손에 힘을 주었다.

콰앙!

둘의 검이 서로 격돌하는 순간, 폭발음과 함께 불길이 사방으로 퍼졌다.

"크윽……."

폭발에 밀려나 벽에 처박힌 베오크가 미끄러지듯 내려가더니 그대로 주저앉고 말았다.

단 한 번의 공격만으로도 둘 사이의 격차는 명확했다.

"너는 날 이길 수 없다. 다시 한번 기회를 주겠다. 지금이라면 도망쳐도 상관하지 않겠다."

"그럴 수는… 없어."

베오크는 검게 그은 검을 지팡이 삼아 천천히 몸을 일으켰다.

"어차피 교단을 위해 희생하더라도, 교단은 너를 위해 슬퍼하지 않을 것이다."

"알고 있어… 하지만……."

베오크는 맥스의 말에 공감하면서도 물러설 수 없었다.

하이브리드가 된 이후, 교단에 대한 충성심이나 의리 따위 조금도 남지 않았다. 그러나 계속 실패만 반복한 그에게 도망이라는 선택지는 몰락으로 향하는 지름길에 불과했다.

"미안하다."

화르륵…….

맥스의 화염에 서서히 타들어 가며 고통받았던 다른 이들과 달리, 베오크는 순식간에 불타 잿더미로 변해 버렸다.

같은 하이브리드임에도 맞설 수밖에 없는 그에게 해줄 수 있는 최소한의 배려였다.

"이쪽입니다!"

별관을 수색하던 맥스의 부하들이 지하실로 통하는 입구를 발견했다.

맥스는 계단을 타고 아래로 내려갔다. 오른팔을 휘감고 있는 불길이 시야를 밝혀줬고, 지하실 안쪽에 자리 잡고 있는 금고를 향해 걸어갔다.

"그래, 바로 이거야."

맥스는 왼손에 서류 뭉치를 집어 들고 고개를 끄덕거렸다.

하이브리드가 어디로 배속되었는지에 대한 정보가 빼곡히 들어차 있는 문서의 사본이었다.

이것 외엔 그의 눈에는 모두 불태워야 할 것으로만 비쳤다.

"네놈들! 전부 하이브리드지?"

맥스와 그의 부하들이 고개를 뒤로 돌리자, 그들의 시야에 주임 사제 크론이 의기양양한 태도로 홀로 서 있었다.

"그래서?"

맥스가 아무렇지 않게 대꾸하자, 크론은 안면에 미소를 가득 머금고 오른팔을 앞으로 내밀었다.

"감히 성스러운 이곳에 쳐들어와? 대가를 치르게 해주겠다!"

정체불명의 기습자들이 한자리에 모이는 걸 기다린 크론은 오른팔을 내밀더니 소매를 걷어 올렸다. 황금색 팔찌가 빛에 휩싸이면서 지하실 안을 환하게 밝혔다.

"어?"

크론은 휘둥그레 눈을 뜨고 맥스와 황금색 팔찌를 번갈아 가며 쳐다봤다.

그가 원했던, 별관을 기습한 이들이 모두 고통 속에서 몸부림치는 일은 벌어지지 않았다.

"어떻게 된 일이지? 이럴 리가 없는데… 이래서는 안 되는데!"

오른팔에 찬 팔찌가 빛을 연이어 발했지만 바뀌는 건 아무것도 없었다.

"설마… 네놈들 저, 전원이… 이레귤러?"

전혀 예상하지 못했던 결과에 크론은 벌벌 떨기 시작했다.

그는 황급히 계단을 오르려고 했지만, 발을 헛디뎌 굴러떨어졌다. 양 무릎이 까지고 법의가 피에 젖었지만 크론은 고통 따위 느낄 여유가 없었다.

"으악!"

다시 도망치려던 그의 뒷덜미를 맥스가 낚아채 내동댕이쳤다.

"으, 으윽… 이럴 수는 없어! 이래서는 안 된다고!"

바로 눈앞까지 다가온 맥스에게 팔찌를 찬 오른팔을 다시 한번 내밀었지만, 아무것도 바뀌지 않았다.

"오, 오지 마!"

크론은 주저앉은 채 뒤로 물러섰다.

그러나 등이 벽에 닿자, 그의 얼굴은 완전히 겁에 질려 버렸다.

"베, 베오크! 빨리 날 구해라!"

크론은 이미 죽은 베오크를 찾았지만, 당연히 돌아오는 대답은 없었다.

자신보다 강한 하이브리드들을 팔찌 하나만으로 제압할 수 있음에 쾌감을 느꼈지만, 지금은 오직 절망만이 그를 지배했다.

다시 크론에게 다가간 맥스는 오른팔을 천천히 앞으로 내밀었다. 조금씩 다가오는 불길을 앞에 두고 크론은 울먹이기 시작했다.

"그… 그레인! 크루겐! 제발 나를… 나를……"

크론은 이 자리에 없는 두 소년의 이름을 부르며 흐느꼈다.

"그레인? 크루겐?"

맥스는 크론의 얼굴로 향하던 오른손을 거뒀다.

"그 둘이 어디 있는지 아나?"

"그 괴물들? 지, 지금은 여기에 없어!"

"어디로 갔지?"

"타, 탈주자를 잡으러 갔어!"

"그런가……. 그레인, 크루겐, 살아 있었군."

맥스는 시선을 옆으로 돌리면서 옛 동료들의 이름을 나지막하게 읊었다. 원래 그레인의 것이었던 화룡의 어금니를 맥스는 여러 감정이 섞인 눈빛으로 바라봤다.

"언제 돌아오지?"

"워, 원래는 이미 도착해야 했어! 자세히는 나도 몰라!"

"난감하군."

원래 계획대로라면 하이브리드에 대한 문서 사본을 찾은 뒤 곧바로 다음 목적지로 떠나야 한다.

언제 돌아올지 모르는 둘을 마냥 기다릴 수 없었고, 그 둘이 예전처럼 교단을 적대시하는지 아닌지를 알 수 없는 터라 따로 사람을 남기기도 애매했다.

무엇보다 그 둘이 교단 소속으로 아직까지 남아 있다는 점이 마음에 걸렸다. 고든을 5년 전에 자신의 손으로 옛 동료를 직접 죽여야만 했다. 그런 일을 막기 위해서라도, 교단 소속의 옛 동료들에게 접근하는 것은 어디까지나 신중해야 했다.

"그, 그러면… 그놈들에 대해 말해줬으니… 나를 살려줘!"

"살려달라고?"

불길에 휩싸인 맥스의 오른팔이 천천히 크론에게 다가갔다.

"난 그런 약속 따위 한 적 없다."

맥스는 오른손을 펼쳐 크론의 머리를 움켜쥐었다.

작은 불길이 연기와 함께 피어오르며 크론의 몸이 조금씩 타들어 가기 시작했다.

"으아아악!"

＊　　　　＊　　　　＊

카르디어스 신성력 1397년 9월 25일.

"하아……."

"휴우……."

임무를 실패하고 복귀하는 두 소년의 얼굴에는 지친 기색이 역력했다.

듀란을 놓친 걸로도 모자라 다수의 사망자가 발생하자 이단 심문관은 살아남은 이들을 혹독하게 추궁했다. 실상을 알고 있는 그레인과 크루겐은 서로 말을 맞추고 변명으로 일관했지만, 계속 같은 질문이 반복되자 지칠 수밖에 없었다.

그래서 원래 교구로 복귀하라는 명이 떨어지자마자 그들은 말을 타고 부리나케 밀리그란 숲을 떠났다.

"아, 진짜 돌아가기 싫네. 주임 사제 그놈이 또 무슨 짓을 할지 모르겠어."

그러나 정작 프란디스 교구에 가까워지자 또 다른 고민이 생겼다. 어차피 일찍 도착해 봤자 제대로 일을 마치지 못했다고 잔소리만 들을 게 뻔했기에, 그들은 말을 천천히 몰며 프란디스 성당을 향해 이동 중이었다.

"그냥 듀란과 함께 같이 도망칠 걸 그랬나?"

크루겐은 '그래, 요 괴물들 잘 걸렸다'라는 눈빛으로 자신들을 괴롭힐 크론의 얼굴을 떠올리며 진저리를 쳤다.

"그나마 우리들은 아픈 척하니까 다행이지, 베오크는 무슨 죄가 있어서……."

연대책임이라는 말도 안 되는 핑계로 '저주'에 고생하는 베오크가 크루겐은 안쓰럽기만 했다.

"크루겐."

"왜? 너도 도망칠 생각이었어?"

"듀란을 살려 보내기만 하고, 그냥 헤어진 게 과연 최선이었을까? 하다못해 언제 어디서 다시 만날 약속이라도 잡았어야 하지 않았나 싶다."

"어쩔 수 없긴 했어. 듀란이 우리를 완전히 믿지는 않았고, 만약 약속했다가 지키지 못하면 듀란에게 괜한 오해만 산다고. 우리는 아직 교단에 얽매인 몸이니 그렇게 자유롭진 않잖아?"

그레인은 크루겐의 말에 납득하면서도 아쉬움을 감추지 못했다. 그는 크루겐이 죽을 뻔했던 일 때문에 분노를 억누르는 것에 집중해야 했기에, 뒤늦게 떠오른 더 좋은 방법이 원망스럽게 느껴졌다.

"그것보다, 괜찮나?"

"뭐가?"

그레인은 크루겐의 가슴을 가리켰다.

"넌 분명히 숨이 멎었었어. 그런데도 이렇게 살아 있다는 게 아직도 믿기지 않아."

"지금 와서 새삼스럽게 왜 그래?"

"그때는 듀란과의 일을 처리하느라 정신없었지만, 막상 시간이 좀 흐르고 나니 네가 죽을 뻔했다는 게 실감되어서 말이다."

"뭐, 내가 살아 있으니 괜찮은 것 아니야? 그러고 보니 그때 나에게 뭐라고 말했어?"

"무슨 말?"

"그래? 그렇다면… 아무것도 아니야. 잘못 들었나 보지."

크루겐은 말을 끊으면서 그때 어둠 속에서 들었던 말을 뇌리에 떠올렸다.

"앞으로 3번 남았다……."

음침한 목소리의 주인공은 결국 누구인지 밝혀내지 못했다.

'에이, 별일 아니겠지.'

풀리지 않는 수수께끼를 놓고 계속 고민하는 건 의미가 없다.

그렇게 스스로를 설득하며 크루겐은 앞을 바라봤다.

"어? 우리, 제대로 가는 거 맞지? 뭔가 이상한데?"

크루겐은 정면을 가리키며 고개를 갸웃거렸다. 이쯤이면 지평선 너머 보여야 할 성당이 전혀 보이지 않았던 것이다. 혹시 길을 잘못 들었나 싶어 주위를 둘러봤지만, 분명히 성당으로 향하는 길이 맞았다.

"왠지 우리, 서둘러야 할 것 같은데?"

"이랴!"

그레인은 말고삐를 내리치며 속도를 올렸다.

*　　　*　　　*

성당에 도착한 두 소년은 넋을 잃고 말 위에서 내려오지 못했다.

"이건 도대체……."

"와, 정말 심하다. 완전히 불타 버렸잖아."

성당은 물론 뒤에 있던 별관까지 시커멓게 그은 채로 잔해만 남아 있었다.

말을 근처 나무에 묶어둔 그레인과 크루겐은 성당의 잔해 쪽으로 뛰어들었다가 급히 입을 감싸 쥐었다. 걸을 때마다 피어오르는 잿더미를 손으로 날려 보내며 그들은 주위를 수색했다.

"누가 불이라도 지른 건가? 심각한데."

"이건……."

그레인은 자세를 낮추더니 왼손으로 땅바닥을 매만졌다.

크루겐과 달리 그레인에게는 성당에 남아 있는 화재의 흔적이 낯설면서도 동시에 익숙했다. 전혀 양립해서는 안 되는 두 가지 감각에 그레인은 눈썹 사이를 살짝 찡그렸다.

"하이브리드의 힘으로 저지른 거다."

"정말?"

"더 살펴봐야 알겠지만, 이건 순전히 하이브리드의 힘으로만 일어난 화재다."

재가 피어오르지 않도록 조심스럽게 손을 움직이던 그레인의 시야 끄트머리에 땅바닥에 불길로 써진 숫자가 포착되었다.

1416, 1.

"그레인, 이건 설마……."

"……."

미래에서 과거로 회귀한 그들에겐 결코 잊을 수 없는 숫자, 1416.

그리고 그들을 이끌었던 남자에게 붙여졌던 숫자, 1.

"대장, 역시 살아 있었구나. 회귀에도 성공한 것 같고."

"맥스……."

그레인은 결사대의 대장이었던 이를 떠올리며 천천히 몸을 일으켰다.

"그러면 현재까지 확인한 생존자는 우리 둘하고, 발터에 듀란, 거기에 대장까지 포함하면 총 다섯 명이네. 페트로는 아직 만나지 못했으니 빼고."

"그들 말고도 또… 아니다."

그레인은 세 사람이 빠졌다고 지적하려 했지만, 이내 관두고 입을 다물었다.

"결국 이렇게 다들 만나게 되는구나."

"화룡의 어금니의 행방도 이젠 확실해졌어."

이번 생에 화룡의 어금니를 이식받은 이가 맥스라는 사실을 듀란에게 듣지 못했다면, 숫자만 보고 맥스라고 확정 짓기엔 힘들었다.

'그래, 차라리 같은 결사대원에게 이식된 게 다행이야.'

아쉬움이 없지는 않았지만, 그레인은 예전과 달리 멀쩡한 오른팔을 내려다보며 고개를 끄덕거렸다.

"그런데 우리 어떻게 하지? 그냥 여기서 죽치고 기다려야 하나?"

다른 사제들은 온데간데없고, 대기할 별관마저 사라진 지금 우두커니 서 있는 일 외에는 할 수 있는 게 없었다.

그렇게 멍하니 서 있는 그들을 향해 저 멀리서 누군가가 육중한 몸을 이끌고 달려왔다.

"그레인! 크루겐!"

"발렌 사제님?"

"너희들, 살아 있었구나!"

발렌은 두 소년을 양팔로 껴안더니 흐느끼기 시작했다. 발렌의 격한 움직임 때문에 재가 확 피어오르자 두 소년의 인상이 구겨졌지만, 발렌의 표정을 보자 더 이상 화를 낼 수가 없었다.

"흑흑… 정말 다행이야. 나는 너희들까지 죽은 줄만 알았다고!"

"어……."

"음……."

갑자기 울기 시작한 발렌을 앞에 두고 두 소년은 당황했다.

"혹시 저희를 걱정하신 겁니까?"

"당연하지!"

"하이브리드인데요?"

"하이브리드는 안 죽냐?"

"그, 그렇긴 하지요. 그런데 다른 사제분들은 어디 계신가요?"

"나는 외근 중이어서 화재를 피할 수 있었지만, 안타깝게도 다른 사람들은 모두……. 시신을 거두긴 했지만 차마 너희들에겐 보여줄 수 없겠구나. 크흐흑……."

발렌이 또다시 울기 시작하자 그레인은 자신도 모르게 그의 등을 두들겨 주려다가 손을 거뒀다.

"그래도 너희들이 무사하니 천만다행이야. 예정대로 도착했다면 너희들마저 잃을 뻔했어. 신의 가호가 모두를 버리진 않았어."

발렌은 눈물을 억지로 참으며 성호를 그었다.

"도대체 무슨 일이 있었던 겁니까?"

"그건 말이다……."

발렌의 설명이 길게 이어지는 와중에 그레인은 아무렇지 않게 옆으로 이동했다. 그리고 옛 대장이 남겨놓은 표식을 발끝으로 비벼 지웠다.

*　　　*　　　*

카르디어스 신성력 1397년 9월 26일.

성지 외곽에 위치한 숲속을 가르며 한 명의 여성이 빠르게 달려갔다.

검에 의해 법의 여기저기가 찢겨 나갔지만, 그녀는 아랑곳하지 않고 혈전을 벌인 상대가 도망친 방향으로 계속 달려갔다.

그녀, 베스티나가 이번에 맡은 임무는 다름 아닌 탈주자의 추적.

몇 년 전, 교단을 탈주했던 이들 중 한 명인 체일런이 성지에 잠입했다는 정보를 입수하고 열흘간에 걸친 추적을 펼쳤다.

나이가 들어 얼굴이 변해도, 변장을 한다 해도 이식받은 코어는 변하지 않는다. 성지 내의 검문 과정에서 체일런은 가면으로 감추고 있던 수룡의 눈동자를 들켰고, 경비병들을 쓰러뜨리고 도망갔었다.

그러나 그를 쫓는 일은 만만치 않았다. 추적조를 지휘하던 성당 기사는 체일런의 기습에 가장 먼저 쓰러졌고, 동행한 나머지 다섯 명의 하이브리드는 중상을 입고 더 이상의 추적을 포기했다. 결국 베스티나 혼자서 끈질기게 그를 뒤따라갔다.

"이건……."

베스티나는 걸음을 멈추더니 땅에 묻은 핏방울을 손가락으로 훑었다.

그녀는 길게 이어진 핏자국을 따라 조심스럽게 걸어갔고, 더 이상 사용하지 않아 담쟁이넝쿨로 뒤덮인 허름한 성당의 문을 열었다.

"정말로… 끈질긴 아가씨로군."

20대 초반의 하이브리드 체일런은 벽에 등을 기댄 채 힘겹게 숨을 내쉬었다. 이전 전투에서 베스티나의 얼음 창이 뚫고 지나간 왼쪽 허리에선 출혈이 계속되었다.

"더 이상의 저항은 무의미하다."

휘이잉.

베스티나는 잠재 기술 '빙안'을 발동하면서 체일런을 향해 조금씩 다가갔다. 그녀의 오른쪽 손바닥 위에 떠 있는 수정구에 냉기가 응축되기 시작했다.

"이걸 쓰긴 싫은데… 어쩔 수 없군."

체일런은 왼손에 쥐고 있던 검을 떨어뜨리더니 품에서 무언가를 꺼내 손목에 찼다. 맨 처음 죽였던 성당 기사가 가지고 있던, 황금색 팔찌였다.

"으윽!"

팔찌가 빛을 발하자, 오래간만에 겪어보는 '차가움'에 베스티나가 움찔거렸다. 그러나 충분히 버틸 만했기에 흐트러진 냉기를 다시 수정구에 갈무리했다.

"아차……."

그러나 그녀는 다시 동작을 멈췄다. 저주의 잔이 제대로 통하는지를 확인하는 팔찌라는 걸 뒤늦게 알아챘기 때문이다.

"설마 너도?"

체일런은 다시 한번 팔찌의 힘을 발동시켰지만, 아까와 반응이 똑같았다.

"시련을 버틸 수 있는… 저주에서 벗어난 운명인가?"

시련과 저주라는 단어에 베스티나의 눈이 가늘어졌다가 원래대로 돌아갔다.

"맞는 것 같군. 그렇다면……."

체일런의 뇌리에 함께했던 100명의 얼굴이 빠르게 스쳐 지나갔지만, 그 속에 베스티나는 없었다.

"이상해. 이 시기라면 우리들 말고는 필시 교단의 실험체가 되었어야 할 텐데. 정말 운이 좋은 아가씨로군."

체일런의 입에서 실험체라는 단어가 언급되자 베스티나는 소름이 확 돋았다. 처음으로 교황을 알현하던 날, 시련을 버텨 낸 하이브리드의 마지막이 떠올랐기 때문이다.

"그렇다면 아가씨를 죽일 수는… 없겠군."

아래로 축 처진 왼팔에서 빠진 황금색 팔찌가 데구루루 굴러갔다.

어차피 출혈 때문에 오래 버틸 수 없는 상황.

한 명이라도 더 저세상에 데리고 가려던 그의 의지는 꺾였다. 저주에서 벗어난 자들이야말로 교단이라는 이름의 굴레에서 벗어나 '새로운' 결사대원이 될 수도 있기에, 체일런은 더 이상의 저항을 포기했다.

"휴우, 이번 생은 여기까지인가."

체일런은 자신을 덮칠 냉기를 떠올리며 지그시 눈을 감았다.

그러나 어둠으로 뒤덮인 시야만이 보일 뿐, 아무런 변화가 없었다.

"날 끝내지 않는 건가?"

다시 눈을 뜬 체일런은 베스티나를 응시했다. 소유한 힘처럼 차가워 보이는 얼굴과 달리, 성당 안에 맴돌고 있던 냉기가 서서히 사라졌다.

"나는 너를 체포하거나 죽이라는 지시를 받았다. 네가 반항할 의사를 보이지 않는 이상, 굳이 죽이지는 않겠다."

베스티나는 빙안을 중단하고, 수정구에 머무르고 있던 냉기를 거뒀다. 그리고 체일런에게 다가가 냉기로 출혈 부위를 얼리려고 했지만, 그는 손을 저으며 거절했다.

"하지만 아가씨의 그 자비는 날 더 잔혹하게 만들 뿐이야. 사양하겠다."

생포되더라도 그가 기다리고 있는 건, 더 강력한 노예를 만들기 위한 교단의 생체 실험뿐이다.

"게다가 내가 아가씨에 관해 교단에 말하기라도 하면 곤란할 텐데?"

"그, 그건……."

"걱정 마라. 그냥 이대로 놔둬도 나는 죽어갈 테니까……."

등을 대고 있는 벽을 따라 흘러내린 피가 그의 발 주변에 피 웅덩이를 이루고 있었다.

"아가씨, 이름을… 알려줄 수 있겠나?"

"…베스티나."

"역시 아니군. 그렇다면… 1416. 이 숫자를 기억하는가?"

마지막 남은 희망을 걸고 말한 숫자에 베스티나는 아무런 반응을 보이지 않았다. 체일런은 남은 힘을 짜내 자신의 피로 벽에 숫자를 써봤지만, 마찬가지였다.

"그런가. 혹시나 했는데 역시… 쿨럭!"

격한 기침과 함께 핏줄기가 그의 입술 사이로 흘러내리더니 성당 바닥을 적셨다.

"으윽… 아가씨… 마지막으로 충고 하나만 하지."

비슷한 나이로 보임에도 베스티나를 대하는 그의 태도는 한참 어린 여자를 대하는 듯했다.

"교단을… 믿지 마라."

"……"

"설명은… 필요 없다는 눈빛이로군, 후후……."

굳이 대답을 듣지 않아도, 베스티나의 흔들리는 눈동자가 모든 걸 설명해 주고 있었다.

"대장, 임무를 마치지 못해서… 미안……."

결사대의 62번째 대원이었던 체일런.

그는 맥스를 포함한 다른 회귀자들과 함께, 이전 생보다 훨씬 이른 시점에 교단으로부터 도망쳤다. 하지만 그의 생명까지 이전 생보다 훨씬 일찍 끝날 줄은 예상하지 못했다.

"이번에야말로 교단의 멸망을 두 눈으로 봐야 하는데… 너무나 허망… 하……."

벽에 기대고 있던 그의 몸이 천천히 내려가더니, 주저앉은 채 고개를 푹 숙였다.

마지막 순간까지 떨치지 못한 후회와 아쉬움을 남긴 얼굴로.

"1416……."

그 어떤 의미로도 추측이 불가능한 숫자가 베스티나의 뇌리에서 떠나지 않았다.

시선을 위로 올린 베스티나의 시야 정중앙에 카르디어스 교단의 문양이 자리 잡았다. 깨진 창문 사이로 들어온 담쟁이넝쿨에 휘감긴 문양이 그 어느 때보다 섬뜩하게 다가왔다.

제6장
다시 이어진 인연

원인 불명의 화재로 프란디스 성당이 불탄 이후, 성지에서 직접 파견 나온 성직자들이 원인 조사에 착수했다.

세 명의 생존자인 그레인과 크루겐, 그리고 발렌은 보고 들은 사실 그대로 진술했다. 물론 두 소년은 성당을 불태운 범인이 맥스라는 사실과 자신들에게 불리할 내용은 감췄지만.

조사 결과, 단순한 화재가 아니며, 5년 전 교단을 탈주한 맥스가 범인으로 유력시되었다. 그러나 그야말로 추측 수준에 그쳤을 뿐 확실하게 판명된 사실은 하나도 없었다.

조사단은 보충 인원을 추후에 보내겠다는 말만 남기고 급히 발길을 돌렸다. 교단을 적대시하는 '새로운 세력'이 움직인다는 첩보 때문이었다. 결국 프란디스 교구는 단 세 명만으로 운영하게 되었지만, 분위기는 이전에 비해 훨씬 좋아졌다.

*　　　*　　　*

카르디어스 신성력 1397년 11월 10일.

화재가 일어난 지 2개월 가까이 지났지만, 프란디스 성당은 아직도 예전의 모습을 되찾지 못했다.

별관이 있던 자리엔 작은 오두막이 들어섰고, 옛 성당이 있던 자리엔 새로운 성당이 여전히 건설 중이었다. 진상을 모르는 시민들은 성당이 불탄 걸 일종의 저주로 보고 일하기 꺼렸기 때문이다.

발렌의 끈질긴 설득 덕분에 공사는 결국 진행되었지만 예전의 모습을 되찾기에는 아직도 멀어만 보였다.

대신 발렌은 그 옆에 설치된 커다란 천막에서 미사를 집전했다. 새롭게 주임 사제로 서임된 발렌은 어리숙하면서도 솔직한 면을 감추지 않고 드러내며, 화재 이후 뚝 끊겼던 신도들의 발길을 다시 성당으로 되돌렸다.

그리고 오늘, 다른 곳으로 배속 명령을 받은 두 소년을 배응하기 위해 발렌은 예정된 미사를 취소까지 했다.

"모자라면 더 말해!"

발렌은 제법 두둑하게 채워진 돈주머니를 건네면서 두 소년의 어깨를 토닥거렸다.

"오히려 너무 많은 거 아닌가요? 게다가 이거, 기부금도 아니고 주임 사제님 월급에서 깐 거잖아요?"

"마음만으로도 충분합니다."

크루젠과 그레인은 거절했지만, 발렌의 박력을 이기지 못하고 돈주머니를 받았다.

"헤어지는 건 슬프지만, 너희들이 이제야 좀 제대로 된 교구로 배속되는 거 같아서 정말로… 기쁘구나, 흑흑……."

발렌은 결국 눈물을 참지 못하고 손수건을 꺼냈다. 그런 그를 바라보는 두 소년의 시선은 첫 대면 때와 많이 달라져 있었다.

"그러면 주임 사제님은 계속 여기에 남으시나요?"

크루젠의 물음에 발렌은 아련한 표정을 지으며 시선을 먼 곳으로 돌렸다.

"아니, 성당 기사단으로 복귀할 작정이야."

"네?"

"어… 정말로 성당 기사단 소속이셨나요?"

두 소년이 진짜냐는 반응을 보이자 발렌의 표정이 살짝 군어졌지만, 이내 원래의 사람 좋아 보이는 얼굴로 돌아갔다.

"너희들에게 그런 말 들어도 할 말 없는 처지이긴 하지. 이제 살도 더 빼고, 손에 다시 못이 박힐 정도로 검을 휘둘러야 다른 사람들도 믿어줄 거 같구나. 에잉, 역시 술이 문제였어."

발렌이 술을 끊은 지도 어느덧 반년.

두툼한 살에 묻혀 있던 날카로운 턱 선이 조금씩이나마 모습을 드러냈다.

"그래도 주임 사제라는 자리가 아깝지 않나요?"

"아깝지 않다면 거짓말이겠지. 하지만 이 자리는 다른 사람들이 죽었기에 얻은 자리야. 솔직히 그들과 그리 좋은 사이는 아니었지. 그래도 나는 남의 불행으로 얻은 운을 꽉 붙들 정도로 모진 인간은 아니다?"

고개를 들어 올리더니 하늘을 향해 성호를 긋는 발렌을 보며 두 소년은 침묵할 수밖에 없었다.

"어디까지나 임시로 맡았던 자리이니만큼, 이제는 제대로 된 사람에게 돌려주려고 한다."

"주임 사제님이 그리울 겁니다."

"크루겐은 몰라도 그레인, 네가 그런 말 해줄 줄은 기대도 못 했는걸?"

발렌은 양팔을 확 벌리더니 두 소년을 격하게 껴안았다.

"그 어떤 일이 있어도 살아남아라. 너희들은 앞으로 더 오래, 많이 살아야 하니까. 알겠지?"

그레인과 크루겐의 등을 토닥거린 발렌은 다시 울먹거리는 얼굴로 손수건을 꺼냈다.

두 소년은 말을 타고 다음 행선지가 있는 동쪽을 향해 말머리를 돌렸다.

가던 도중에 뒤를 돌아보니, 아직도 자리를 뜨지 않은 발렌이 두 소년을 향해 손을 흔들어주고 있었다.

"의외로 좋은 사람이었네."

"아니, 의외가 아니라 저 정도면 정말 좋은 사람이지."

발렌은 이전의 주임 사제 크론과 달리 여러 부분에서 자유롭게 행동하는 걸 허락해 주었다. 특히 진짜 무기로 수련하는 것도 신도들에게 들키지 않는다는 조건하에 묵인해 줬다. 덕분에 남는 시간에 둘은 누구의 방해도 받지 않고 실력을 키울 수 있었다.

"생각해 보니 성당이 불타기 전에도 교구에서 우리들을 제대로 상대해 준 사람은 저 뚱보… 라고 말하긴 미안하니 정정하자. 아무튼 저 사람밖에 없었잖아?"

"왠지 우리들이 더 비인간적인 것 같군."

발렌은 화재 이후, 매일 새벽마다 먼저 저세상으로 가버린 이들을 기리며 혼자만의 기도를 올렸다. 그에 반해 두 소년은 다른 사제들의 죽음에 전혀 개의치 않았고, 심지어 같은 하이브리드인 베오크의 죽음에도 슬프기보다 안타깝다는 감정을 느꼈다.

"대장 말대로 사람은 쉽게 변하지 않지만, 변할 만큼 무언가를 겪으면 확실히 변하는 것 같아."

"어쩌면 처음 봤을 때의 모습도 그 무언가에 의해 변했던 걸지도 모른다."

"처음 만났던 날의 술주정이 사실은 모두 진실일지도 모르겠네? 아, 그래도 사모하는 여성이 많았다는 주장만은 믿기가 좀……."

"동감이다."

"그래도 알고 보면 좋은 사람이라는 건 변함없어. 던컨도 괜찮은 사람이었고, 이전 벤트 섬의 교관들도 나름 문제없는 사람들이었으니… 이러다가 교단에 대한 이미지가 좋아지면 안 되는데."

"개인으로 한 집단을 단정 지을 수는 없다."

"그 반대도 마찬가지겠지?"

그렇게 두 소년이 이야기를 주고받는 와중에 맞은편에서 누군가가 걸어오고 있었다.

"발터?"

붕대로 얼굴을 둘둘 감은 청년을 보자 그레인은 말을 급히 세우더니 말에서 내렸다.

"그레인, 크루겐, 둘 다 오래간만이다."

"네가 여기까지 오다니, 무슨 일이라도 있나?"

"너희들처럼 나도 새로운 배속지로 향하는 길이다."

"그렇단 이야기는, 우리들 대신 온다던 하이브리드가 너였어?"

뒤늦게 말에서 내린 크루겐은 반가운 표정으로 발터를 맞이했다.

"그것보다 너희들, 무사했군. 솔직히 많이 걱정했다."

발터는 프란디스 성당 자체가 전소했다는 이야기만 들었기에, 그레인과 크루겐이 어떻게 되었는지는 알지 못했다.

"하루만 일찍 복귀했더라면 큰일 날 뻔했어. 아니, 그래야 더 일이 잘 풀렸을까나?"

"무슨 말이지?"

"그 화재, 우리의 대장이 저지른 짓이거든."

"대장? 맥스가?"

"아쉽게도 직접 만나지는 못했어. 자신이 왔다 갔다는 표식만 남겼거든."

크루겐이 자초지종을 설명하자 발터는 고개를 끄덕이며 납득했다. 그러나 결국 만나지 못했고, 따로 연락할 방법도 없다는 결론에 아쉬워하는 기색이 역력했다.

"훗날을 기약해야겠군. 참, 듀란하고는 그때 만났나?"

탈주자 검거에 실패한 이후 프란디스 왕국 곳곳에 수배서가 붙여졌기에, 탈주자가 듀란이라는 것 자체는 발터도 알고 있었다.

"만나긴 했는데, 회귀한 상태가 아니라서 예전의 기억이 돌아오지 않았어."

"아… 이런."

옛 동료들과의 연이 쉽게 이어지지 않는 현실에 발터는 고개를 절레절레 저었다.

"발터, 이렇게 된 이상 우리끼리라도 연락을 주고받는 건 어때? 언제 다시 만날지 모르잖아."

"연락 방식은 예전 결사대원이 썼던 것 그대로가 좋겠군."

"물에 적신 뒤 불에 말려야 드러나는 잉크를 써서 말이지?"

크루겐과 발터는 각자 배속되는 지역의 주소를 쪽지에 써서 건넸다.

"그러면 죽지 말고 살아서 다시 만나자."

발터가 오른손을 내밀자, 크루겐과 그레인이 순서대로 손을 얹었다.

그렇게 훗날을 기약한 그들은 다시 말에 올라탔고, 새로운 배속지를 향해 서로 반대 방향으로 멀어져 갔다.

"그런데 우리, 벌써 배속 명령만 세 번째 받은 것 아냐? 벤트 섬에서 나온 지 아직 1년도 채 안 된 것 같은데 계속 떠돌아다니는 인생이네."

"이번에는 꽤 걸리겠군."

"여기서 베릴란트 왕국까지는 좀 머니까. 그렇다면 왕자님을 만나러 가볼까?"

"왕자?"

"스코트. 아이언 골렘의 코어를 이식받은 동료였잖아."

"기억났다. 85호 말이로군."

"맞아."

스코트 베릴란트.

베릴란트 왕국의 왕족이자, 마지막 왕이었던 펠릭스 3세의 쌍둥이 동생.

아이언 골렘의 힘으로, 양팔을 강한 금속으로 둘러싼 채 맨손으로 싸우던 결사대원.

결사대에서 가장 열성적으로 싸우던 인물 중 하나였지만, 모국의 위기에 한동안 결사대를 떠난 적이 있었다.

그런 그가 다시 결사대에 돌아온 이유는 다름 아닌 모국의 멸망 때문이었다. 그 멸망의 배후에 교단이 있음을 알아낸 스코트는 교단에 대한 증오를 한층 불태우며 최전선에 나섰다. 하지만 결국 교단을 쓰러뜨리기엔 무리였다.

"그런데 그 녀석은 나하고 사이가 별로 좋지 않았을 텐데……."

"아차, 그랬지, 참."

국가에 대한 애정이 남달랐던 스코트는 정반대의 사고방식을 지닌 그레인과 곧잘 충돌했다.

교단 섬멸이라는 목적 아래 공과 사는 확실히 구별했던 둘이었지만, 그렇다고 둘 사이에 존재하는 감정의 골까지 메워진 건 아니었다.

"참고로 이전에 정리했던 하이브리드 관련 서류에는 스코트의 이름이 없었어. 그 녀석, 애초에 하이브리드가 된 사정이 좀 복잡했으니……."

"어떤 사정이지?"

"아, 그게… 으음… 지금 당장은 기억이 안 나네. 나라고 동료들 모두의 속사정까지 기억하는 건 아니라서."

크루겐은 하던 말을 얼버무리며 뒤통수를 긁었다.

"뭐, 예전처럼 너하고 으르렁거리기만 하는 사이가 아니길 빌어야지. 스코트도 변했을 테니까."

*　　　*　　　*

카르디어스 신성력 1397년 11월 15일.

삐뚤삐뚤 쌓아 올린 서적들과 잡동사니가 마구 뒤엉킨 실험대.

안에 든 액체가 부글부글 끓고 있는 플라스크 옆에서 서서히 얼어붙고 있는 작은 시험관들.

일정한 규칙 없이 제멋대로 배치된 가지각색의 시약들과 룬 문자로 작성된 문서들이 책상으로도 모자라 방바닥을 차지할 정도로 어수선했지만, 탁자 위에 놓인 두 잔의 차에서 흘러나오는 은은한 향기가 따스한 분위기를 자아냈다.

"오래간만에 자네를 만나서 기쁘지만, 막상 딸이 자리를 비워서 안타깝구먼."

이 엉망진창인 방의 주인은 베릴란트 왕국 내에서 유일하게 '대마법사'라고 일컬어지는 렌딜 포르테.

그는 찻잔을 기울이면서 지그시 눈을 감았다.

"흐음~ 역시 자네가 가지고 온 차는 최고야. 마침 떨어져서 따로 구해볼까 싶었는데, 수고를 덜었구먼."

"스승님을 뵙는데 빈손으로 올 수야 없죠."

"내 딸 만나러 온 김에, 가 아닌가?"

렌딜은 옛 제자임과 동시에 자신의 수양딸과 친구인 아딜나를 앞에 두고 담소를 나누는 중이었다.

"그런데 하필이면 딸이 자리를 비운 사이에 오다니, 안타깝구먼. 마탑을 떠난 이후론 서로 얼굴 보기도 힘들지 않나?"

"어쩔 수 없지요. 미리 이야기하고 온 것도 아니고, 다른 용무 때문에 왔다가 혹시나 하고 들른 거니까요."

아딜나는 렌딜의 옆에 있어야 할 친구의 빈자리를 바라보며 찻잔을 양손으로 감쌌다.

"그런데 베릴란트 성은 올 때마다 변화하는군요. 새삼스럽지만 마법의 힘이란 정말 대단한 것 같아요."

"3개월 만에 와본 것 아니었나?"

"네, 언젠가는 다시 이곳으로 돌아와 마법 수련을 재개해야 할 텐데, 좀처럼 여건이 마련되지 않네요."

"너무 초조해하진 말게나."

미안해하는 아딜나에게 렌딜은 고개를 가로저었다.

"배움에도 때가 있듯이, 선행도 마찬가지라네. 그리고 자넨 아직 한참 젊으니 하고 싶은 걸 해야 할 때야."

"명심하겠습니다."

"그런데 내 딸은 막상 돌아와야 할 때에 늦는구먼."

렌딜은 소파의 팔걸이 부분을 손가락으로 툭툭 건드리며 문 쪽을 슬쩍 바라봤다.

"다음을 기약하도록 하죠."

"그래도 더 기다려 보면 안 되겠는가? 딸에게 편지를 급히 보내긴 했는데……."

마법 연구 그 자체에 몰두 중인 렌딜에게 마법사 협회의 정기 회의는 귀찮게만 여겨졌다. 그래서 그의 딸이 대신 회의에 참가 중이었다.

"자네가 그냥 가버린 걸 딸이 알게 되면 한동안 말도 걸기 힘들어질 걸세. 이 늙은이 좀 살려주게나."

"확실히 그렇긴 하겠네요. 그러면 좀 쉴 겸 신세 지도록 하겠습니다."

아딜나는 근엄한 이미지와 어울리지 않게 엄살을 부리는 렌딜을 이기지 못했다.

"평소처럼 딸의 방에?"

"네, 저도 그러는 게 편하답니다."

둘 다 고아원에서 자랐고, 귀족 집안에 입양되었다는 공통점 때문일까.

아딜나는 렌딜의 딸과 둘도 없는 친구가 되었고 종종 그녀의 방에 묵곤 했다.

"그런데 이제야 하는 말이지만, 손녀가 아닌 딸로 들이신 건 확실히 의외였어요."

아딜나는 맨 처음 렌딜을 소개받았을 때의 기억을 떠올리며 가볍게 웃었다.

"그야, 결혼도 아직 하지 못했는데 손녀부터 들일 수는 없지 않은가? 당연히 딸이어야지! 그다음부터 손녀, 증손녀… 이런 식으로 하나씩 늘어나야지. 난 그런 낙을 중간에 뛰어넘고 싶지는 않네!"

"그 말, 에르닌에게 많이 들었답니다."

"이런, 하하하."

렌딜은 웃음을 터뜨리더니 돌연 진지한 표정으로 아딜나와 시선을 마주했다.

"그리고 내 연령에 제대로 맞추려면 손녀가 아닌 증손녀가 되는 쪽이 더 정확하겠지."

"이번엔 제가 한 방 먹었네요."

"난 마법으로, 그리고 말로도 그 누구에게 지고 사는 인간은 아니라네."

그렇게 그동안 있었던 일을 서로 주고받다 보니 어느새 저녁이 되었고, 렌딜과 식사까지 함께한 아딜나는 하녀의 안내를 받아 친구의 방으로 들어갔다.

"여기는 매번 똑같구나."

아딜나와 동갑인 15살 소녀의 방치고 아기자기한 분위기는 거의 없었다.

렌딜의 방 못지않게 마법에 관련된 도구와 책들이 한가득 쌓여 있었고, 손잡이 부분에 피가 스며든 낡은 목검도 예전처럼 방구석에 놓여 있었다.

하지만 책상 위에 놓여 있던 인형이 오늘은 자취를 감췄다.

"아, 항상 들고 다니니 당연히 여기에 없겠구나."

아딜나는 이 방에서 유일하게 '소녀'다운 부분이 사라진 걸 아쉬워하며 인형이 있던 자리를 쓰다듬었다.

*   *   *

카르디어스 신성력 1397년 11월 25일.

"그레인, 우리 며칠 남았지?"

"일주일 정도."

"아, 진짜 미치겠네. 이러다가 우리 진짜 늦겠는데?"

두 소년이 새로운 배속지로 향한 지도 15일째.

베릴란트 왕국 국경선을 덮친 폭설로 인해 그들의 일정은 예정보다 훨씬 뒤처졌다. 게다가 엎친 데 덮친 격으로, 보여주기만 하면 거의 무사통과시켜 줄 거라던 은색의 로사리오가 유독 베릴란트 왕국령 내에서는 잘 통하지 않았다.

"결국 시간을 맞추려면 이 길밖에 없다는 이야기인데……."

크루겐은 펼쳐 든 지도에 살짝 내려앉은 눈을 치워냈다.

"이쪽으로 가면 몬스터들이 우글거린다는데, 그래도 괜찮을까?"

험난한 산맥 사이를 가로지르는, 울창한 숲 입구에 선 두 소년은 어떤 선택을 할지 갈등 중이었다.

이곳만 빠르게 지나간다면 그들의 배속지인 베릴란트 성으로 가는 시간을 크게 단축할 수 있다. 그러나 우거진 숲속에 모여 있는 몬스터들을 상대하면서 잽싸게 돌파할 수 있을지 의심이 들었다.

"저 산맥을 넘어가는 건 아무리 봐도 무리네."

"요즘 교단 분위기라면 조금만 늦어도 수배령이 떨어질지 모른다."

"에라, 모르겠다. 우선은 빨리 도착하고 보자. 우리들 실력을 믿어보자고."

*　　　　*　　　　*

"제길, 지긋지긋하네."

크루겐은 투덜거리면서 땅바닥에 쓰러진 몬스터의 사체에서 단검을 뽑아냈다.

그레인은 트윈 엣지의 검날을 손질하면서 하늘을 쳐다봤다. 숲에 들어섰을 땐 창창했던 하늘에 구름이 끼면서 어두워지기 시작했다.

그들은 하루 만에 몬스터들의 습격을 세 번이나 받았고, 그 와중에 타고 다니던 말까지 도망쳐 버렸다.

"이대로라면 여기서 밤을 보내야 할 텐데, 미치고 환장하겠네."

"되돌아가기엔… 너무 늦었군."

"그냥 밤새우고 계속 전진할까?"

"어쩔 수 없지."

식사 시간까지 아끼려고 걸어가면서 끼니를 때웠지만, 지나간 길보다 앞으로 갈 길이 더 많이 남은 상황.

두 소년은 당장에라도 드러누워 쉬고 싶은 욕망을 억누르고 다시 걸음을 옮겼다. 소금 맛이 강하게 나는 육포를 잘게 찢어 입에 집어넣고 물과 함께 삼키면서 허기진 배를 진정시키는 수밖에 없었다.

"와, 이젠 눈까지 내리잖아? 진짜 가지가지 한다."

낮부터 멈췄던 눈에 다시 하늘에서 내려오기 시작했다.

그레인에게는 상관없는 일이지만, 점점 추워지는 날씨에 크루겐은 얼굴에 두른 머플러를 코 위까지 덮도록 끌어 올렸다. 둘은 이전보다 빠른 걸음으로 길을 지나갔고, 각자의 입에선 연신 입김이 뿜어져 나왔다.

"잠깐만."

멈춰 선 크루겐은 귀를 쫑긋거리더니 주위를 두리번거렸다.

"저 안쪽에서 누군가 싸우고 있는 것 같아."

"이 숲에 들어온 사람이 우리 말고 또 있다고?"

"그런 것 같은데… 대충 들어봐도 몬스터들의 수가 장난 아니야. 이거 서둘러야겠어!"

　　　　*　　　　　*　　　　　*

　몬스터에게 공격받을 사람들을 구하러 간 그레인과 크루겐.

　급하게 달려간 둘이 그곳에 도착했을 땐, 멈춰 선 마차 주위를 몬스터들이 둘러싼 형국이었다.

　그러나 정작 두 소년은 난전에 끼어들 수 없었다. 정확히는 끼어들 필요가 없었다. 수풀 속에 몸을 숙이고서, 단 두 명을 상대로 우후죽순 쓰러지는 몬스터들을 구경하는 중이었다.

　"허… 저 할아버지, 대단한데?"

　크루겐은 외눈 안경을 쓴 백발의 노인을 응시했다.

　갑옷이 아닌 정장 차림임에도 불구하고 60대로 보이는 노인은 조금의 흔들림도 없이 몬스터들을 해치웠다. 백색의 오러에 휘감긴 지팡이 검 앞에 쓰러진 몬스터들이 마차 주위에 즐비했다.

　"아무리 오러 능력자라고 해도, 저런 무기로 싸우기는 막상 번거로울 텐데……."

　지팡이 검은 어디까지나 위급할 때 호신용으로 쓰는 검이지, 실전에 쓰기에는 부적합하다. 그런 검을 가지고 노인이 쓰러뜨린 몬스터의 수는 크루겐이 직접 본 것만 쳐도 일곱 마리가 넘었다.

"저 여자가 다루는 화염 마법도 보통이 아니야."

마차를 사이에 두고 노인의 반대편에 선, 20살 남짓으로 보이는 여성의 왼손에는 마법서가 쥐어져 있었다.

화르륵!

펼쳐 든 마법서 위를 오른손으로 훑자 그녀를 중심으로 커다란 마법진이 지상 위로 떠올랐다.

그녀가 오른팔을 크게 휘두르자 부채꼴 모양으로 퍼져 나간 화염의 벽이 몬스터들을 집어삼켰고, 시커멓게 그은 몬스터들의 사체가 하나둘 쓰러졌다.

"굳이 우리가 끼어들 필요도 없겠군."

"그러게. 정말 대단하긴 한데 아무리 봐도 저 둘, 집사와 하녀 맞지?"

"……"

"도대체가 어떤 가문이기에 저렇게 강한 집사와 하녀를 데리고 다니는 건지 궁금해."

검은색 정장은 집사 복장이었고, 검은색의 원피스 위에 흰색 에이프런을 걸친 여성은 하녀 복장이었다.

뛰어난 실력과는 영 어울리지 않는 두 사람의 복장에 두 소년은 위화감을 느끼며 상황을 계속 지켜보기만 했다. 결국 모든 몬스터가 쓰러질 때까지 둘이 할 일은 없었다.

"휴우, 이제 끝났군요."

하녀 차림의 여성이 마법서를 덮자, 그녀를 둘러싼 마법진이 희미해지며 지상 아래로 사라졌다.

"트리아나, 자네도 고생했네."

"그래도 이 정도로 본때를 보여줬으니 더 이상 습격해 오진 않겠죠?"

"그래도 방심은 금물일세. 우리는 어디까지나 아가씨를 안전히… 흐음?"

수풀 너머에서 기척을 감지한 노인이 집어넣었던 지팡이 검을 다시 빼 들었다.

"누구냐!"

"수, 수상한 사람은 아닙니다!"

크루겐이 두 손을 번쩍 들고서 수풀 안쪽에서 허겁지겁 튀어나왔고, 뒤따라 그레인이 조심스럽게 걸어 나왔다.

"이, 이걸 보세요! 카르디어스 교단의 성직자입니다!"

크루겐은 급히 팔소매를 걷어 올리며 은색의 로사리오를 보여줬다.

"봐요! 이 옷도 법의잖아요!"

"교단의 성직자가 왜 여기에 있지?"

이전과는 다른 의미의 경계심이 노인의 표정에 깃들었다. 트리아나라 불린 하녀는 마법서를 다시 펼쳐 들고 당장에라도 마법을 시전할 태세에 들어갔다.

'이거 분위기가 이상해지는데.'

그레인은 베릴란트 왕국으로 들어온 이후 느꼈던, 교단에 대한 보이지 않는 반감을 보다 명확하게 느꼈다. 그렇다고 이들과 싸울 수는 없는 노릇이라, 우선은 상황을 더 지켜보기로 결정했다.

"그것보다 왜 우리를 보고만 있었나? 교단의 성직자라면 응당 우리들을 도와야 하지 않나?"

"저… 그게 말이죠, 저희들이 끼면 방해만 될 것 같아서……."

"방해? 이렇게 많은 몬스터에게 둘러싸였던 우리를 도와주지는 못할망정, 지켜보고만 있었다는 게 말이 되나?"

"그러니까 다시 설명하자면요……."

크루겐과 노인의 실랑이가 이어지는 가운데, 그레인은 조용히 주변을 둘러보았다.

마차 주위에는 시커멓게 타거나 검에 베여 피투성이가 된 몬스터들의 사체 외에는 특별히 수상한 점은 없었다.

그러나 시선을 좀 더 먼 곳으로 돌리자, 피범벅이 된 오우거 한 마리가 천천히 몸을 일으키는 중이었다.

"모두 물러서!"

그레인은 허리에 차고 있던 트윈 엣지를 급하게 움켜쥐더니 오우거를 향해 던졌다. 그러나 그보다 먼저 날아온 '무언가'가 트윈 엣지보다 먼저 오우거의 얼굴에 적중했다.

쾅!

폭발음과 함께 오우거가 산산조각 나더니 허공으로 흩어졌다. 충격에 튕겨 나간 트윈 엣지가 높이 솟아올랐다가 땅바닥에 툭 떨어졌다.

"이, 이건 도대체……."

그레인은 오우거를 완전히 박살 내버린 '무언가'가 날아왔던 방향으로 시선을 돌렸다. 활짝 열린 마차 문 너머에서 회색 연기가 피어올랐다.

"마법… 이라고 보긴 애매하군."

그레인은 즉각 고개를 저으며 처음 말한 단어를 부정했다. 대신 마차 밖으로 삐죽 튀어나온, 가느다란 손에 쥐어져 있는 무언가의 정체에 온 신경이 집중되었다.

반면 트리아나와 노인은 크게 뜬 눈으로 마차 안을 바라보며 입을 삐금거렸다.

"아, 아, 아가씨!"

"아가씨! 그걸 함부로 쓰시면 안 된다고 몇 번이나 말했습니까!"

"미안, 하지만 위험해 보였는걸."

마차 안쪽에서 어린 소녀의 목소리가 흘러나오자, 노인은 난감하다는 표정을 지으며 이마를 왼손으로 짚었다.

"그래도 저희들에게 맡기셨어야……."

"할아범이 마무리를 제대로 못 해서 그런 거잖아."

"끄응, 그렇긴 합니다만."

"그리고 그렇게 경계할 필요 없어. 한 명은 아는 사람이야."

"네?"

15살 정도로 보이는 소녀가 마차 아래로 내려오자 검은색의 드레스 끝자락이 살짝 팔랑거렸다. 그레인과 크루겐의 시선은 소녀의 얼굴이 아닌, 오른손에 쥐어져 있는 소리의 근원지에 집중되었다.

"저건 마력총(魔力銃) 같은데?"

"마력총이라면… 잉? 그게 벌써… 아, 흠흠!"

크루겐은 손가락으로 뭔가 세더니 곧바로 헛기침을 하며 하려던 말을 도로 삼켰다.

마력총.

미리 시전해 놓은 마법을 특수 처리 된 시험관에 저장한 뒤, 원하는 때에 마법을 발동시킬 수 있는 마법 도구. 고대 문명의 유산에서 비롯된 그 무기는 원래 역사대로라면 그레인이 30대가 된 후에야 등장했고, 사용한 이들은 극소수의 마법사뿐이었다.

"아가씨, 이건 압수하겠습니다."

"다음부턴 함부로 안 쓸게."

노년의 집사가 손을 뻗자 소녀는 마력총을 쥐고 있던 오른손을 등 뒤로 감췄다.

치이익.

소녀는 김이 새어 나오는 소리와 함께 마력총에서 살짝 빠져나온 빈 시험관을 집어 허리 왼쪽의 홀더에 넣었다. 열 개의 칸막이로 나뉜 홀더 안에는 서로 다른 색깔의 시험관들이 촘촘히 꽂혀 있었다.

이윽고 소녀는 반대쪽 허리에 차고 있던 또 하나의 홀더에 마력총을 집어넣었다.

그러자 그레인과 크루겐은 뒤늦게 소녀의 얼굴을 빤히 응시했다.

"인형이 인형을 안고 있네?"

크루겐의 표현대로 인형 같은 외모를 지닌 소녀의 왼팔에는 토끼 인형이 안겨져 있었다.

그러나 그레인에게는 소녀의 얼굴과 인형 둘 다 왠지 모르게 낯이 익었다.

"너는……"

얼떨떨한 얼굴로 소녀를 바라보는 그레인.

그런 그레인을 빤히 쳐다보는 소녀.

"거의 3년 만이네. 나 기억해?"

소녀는 핏자국이 남아 있는 토끼 인형의 귀를 매만졌다. 그러자 희미했던 과거의 기억이 그레인의 뇌리에 선명하게 떠올랐다.

"에르닌?"

"응, 그레인 오빠."

에르닌은 활짝 미소를 지으며 하늘을 바라봤다.

다시 내리기 시작한 눈이, 운명처럼 재회한 소년과 소녀의 머리에 사푼히 내려앉았다.

*   *   *

울창한 숲 한가운데 위치한 오두막.

로브 차림의 남자가 문을 열고 오두막 안으로 들어가자, 방 한가운데 앉아 있는 여인이 고개를 살짝 들어 올렸다.

"미래를 보러 오셨나요?"

후드로 얼굴을 가린 여인의 목소리에선 요염한 분위기가 물씬 풍겨 나왔다.

남자는 아무 말 없이 여인의 맞은편에 놓여 있는 의자에 앉았다.

"무뚝뚝한 분이시로군요."

후드 아래 드러난 그녀의 입술이 살짝 미소를 지었다.

그녀는 다른 점쟁이들과 남달랐다.

고작 일곱 살 때부터 점을 쳤고, 예언의 정확도가 다른 점쟁이들보다 훨씬 높았다. 게다가 예언이 틀릴 경우 거리낌 없이 받았던 돈을 돌려주었다.

한때는 그녀의 예언을 듣기 위해 많은 귀족과 상인이 오두막 앞에 줄을 섰다. 그러나 지금은 많아야 한 달에 한 번, 옛 소문을 듣고 찾아오는 이들뿐이었다. 시간이 흐르면서 그녀의 예언이 맞기보다 틀리는 쪽이 많아졌기 때문이다.

"오래간만의 손님이라 약간 긴장되는군요."

우연의 일치일까.

점치러 온 남자, 점을 쳐주려는 여자 모두 로브 차림에 후드를 깊게 눌러쓴 상태였다.

"우선 원하시는 숫자를 말씀해 보시지요."

또 하나, 그녀가 다른 점쟁이들과 다른 부분은 항상 점치기 전에 상대에게 숫자를 말하라는 점이었다.

"1416."

수정구를 매만지던 그녀의 손이 시간이 정지한 듯 고정되었다.

"1."

점쟁이 쪽에서 먼저 요구하지 않았는데도, 남자 쪽에서 숫자를 또 한 번 읊었다.

"78……."

이번에는 그녀 쪽에서 숫자를 말했다. 그에게 처음 말을 건

넀을 때와 달리 말끝이 떨리고 있었다.

　남자 쪽에서 먼저 후드를 벗자, 후드 아래에서 그를 바라보던 점쟁이의 눈동자가 살짝 흔들렸다. 그녀 역시 뒤따라 후드를 위로 젖혔다. 허리까지 내려올 정도로 길게 자란 흑발과 새빨간 입술이 도드라지는 미인이었다.

　"맥스, 정말 보고 싶었어……."

　"오래간만이군, 렌."

　결사대의 78번째 대원, 렌.

　그녀는 예전 생의 연인이었던 남자를 앞에 두고 활짝 미소를 지었다. 이전까지 지었던 접대의 의미가 아니라 진심으로.

　"예전에 비해 무뚝뚝해졌네."

　렌은 오른손을 앞으로 뻗더니, 맥스의 왼손 위에 얹었다.

　맥스는 표정 변화 없이 그녀가 붙든 자신의 왼손을 천천히 빼냈다.

　"어머, 옛 연인에게 너무 차가운 것 아니야?"

　렌은 오른손으로 턱을 괴더니 고개를 비스듬히 기울였다.

　"아니면 두 번째 연인이어서? 하긴, 첫사랑이 다시 살아났을 테니 나 같은 건 안중에도 없겠지."

　"……."

　맥스는 긍정도 부정도 하지 않고 눈을 감았다 떴다.

　"다시 한번 결사대에 들어올 생각은 없나?"

"하아, 이럴 줄 알았어. 맞지 않기를 바라는 예언은 항상 적중한단 말이야."

렌은 옛 연인에 대한 그리움이 아닌, 옛 결사대원으로서 자신을 찾아온 맥스를 상대로 한숨을 내쉬었다.

"그래도 어쩔 수 없겠네."

"들어올 생각인가?"

렌은 대답하기에 앞서 다시 한번 오른손을 내밀었다.

가느다란 그녀의 손가락 끝이 맥스의 손등을 아주 천천히 매만지며 손목까지 올라갔다.

"당연하지. 옛 남자를 다시 지금의 남자로 만들기 위해선… 어쩔 수 없잖아?"

『30인의 회귀자』 3권에 계속…

초대형 24시 만화방

신간 100%, 샤워실, 흡연실, 수면실(침대석), 커플석, 세탁기 완비

▪ 광명 광명사거리역점 ▪

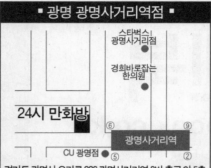

경기도 광명시 오리로 986 광명사거리역 6번 출구 앞 5층
02) 2625-9940 (솔목타워 5층)

▪ 강북 노원역점 ▪

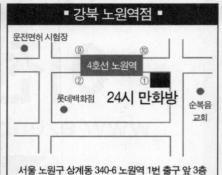

서울 노원구 상계동 340-6 노원역 1번 출구 앞 3층
02) 951-8324 (화용빌딩 3층)

▪ 일산 정발산역점 ▪

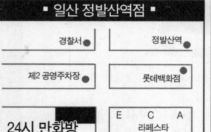

라페스타 E동 건너편 먹자골목 내 객잔건물 5층
031) 914-1957

▪ 일산 화정역점 ▪

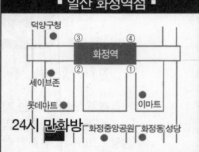

경기도 고양시 덕양구 화정동 984번지 서일빌딩 7층
031) 979-4874 (서일사우나 건물 7층)

▪ 부천 역곡역점 ▪

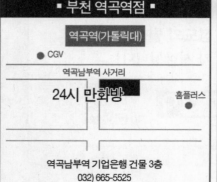

역곡남부역 기업은행 건물 3층
032) 665-5525

▪ 부평역점 ▪

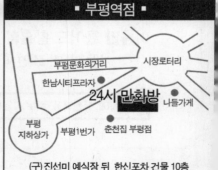

(구) 진선미 예식장 뒤 한신포차 건물 10층
032) 522-2871

FUSION FANTASTIC STORY

박선우 장편소설

스크린의 별

비호감을 불러일으킬 정도로 못생긴 외모를 가진 강우진.

우연히 유전자 성형 임상 실험자 모집 전단지를
발견한 그는 마지막 희망을 걸고
DNA를 조작하는 주사를 맞게 되는데……

과거의 못생겼던 강우진은 잊어라!

**세상에서 가장 아름다운 사나이.
그가 만들어가는 영화 같은 세상이 펼쳐진다!**

Book Publishing CHUNGEORAM

유행이 아닌 자유추구 -
WWW.chungeoram.com

크레도 장편소설
FUSION FANTASTIC STORY

톱스타 이건우

열정만으로 성공하는 것은 아니다!
어중간한 실력으로 허송세월하던 이건우.

그의 앞에 닥친 갑작스러운 사고와 함께 떠오르는 기억.

'나는 죽었는데 살아 있어. 그건 전생? 도대체……'

전생부터 현생까지 이어지는 인연들.
그리고 옥선체화신공(玉仙體化神功)…….

망나니처럼 살아온 이건우는 잊어라!
외모! 연기! 노래!
삼박자를 모두 갖춘 최고의 스타가 탄생한다!